Maja Gal Štromar

Denk an mich, auch in guten Zeiten

ROMAN

aus dem Slowenischen von
Ann Catrin Bolton

mit einer Einleitung von
Monika Lustig

und einem Nachwort von
Slavo Šerc

Für meinen Vater und für alle,
die an glückliche Geschichten glauben.

Wie alles kam, eine Einleitung

Denk an mich, auch in guten Zeiten ist das erste slowenische Buch in der Edition Converso – Mediterrane Sprachwelten, zu denen auch die Adria, das Jadransko morje, auf naturgegebene wie kulturgeschichtliche Weise gehört; soll sich doch auch Odysseus in diese Gewässer verirrt haben, um auf der vielbeschworenen Insel in den Armen von Kalypso zu landen.
Ein mitreißender Auftakt dieser Roman, Etappe auf dem verlegerischen Weg des *lebenslangen Lernens,* was heißt, auf immer wieder überraschende Weise den Dialog mit der Welt weiterzuspinnen.
Wie unglaublich schwer es doch sei, den Anfang zu machen, lesen wir gleich zu Beginn, und das Sinnieren und Reflektieren der Erzählerin bekommt unter leisen Klagelauten fast paradigmatische Bedeutung – zugleich aber sprüht der Schalk zwischen den Zeilen hervor. Längst sind wir mitten im Fluss, in die Strömung der Worte gefallen und der Sprache von Maja Gal Štromar (gesprochen *Schtrómar)* verfallen. *Es würde genügen, wenn ich fiele. In den Strom fiele. Wie es passieren kann, dass man im Sommer versehentlich in den Fluss fällt, nachdem man ihn schon so lange vom Ufer aus betrachtet*

hat. Aus dem einen oder anderen gewichtigen Grund hat man sich nicht hineingetraut (alle Gründe sind immer gewichtige, besonders, wenn sie uns von etwas fernhalten).
Kennen Sie den Zustand, die Augen übervoll, und jedes Wollen außer Kraft gesetzt? Genau so begann alles. Könnte nicht aller Anfang so leicht sein?
Zum ersten Mal in engere Berührung mit der slowenischen Literatur und dem einzigartigen Literaturland Slowenien kam ich vor etlichen Jahren im Übersetzerhaus Looren auf dem *Züri*-Berg nicht in griffiger Form sprechender Buchrücken, sondern in Gestalt des Slowenisch-Übersetzers Slavo Šerc (gesprochen *Scherz*), der hier ein biografisches Nachwort beisteuert. Er hat viele große Werke der deutschsprachigen Literatur und Philosophie ins Slowenische übertragen, wurde als Hesse-Stipendiat für seine Vermittlertätigkeit geehrt und frönt weiterhin unverdrossen der Leidenschaft des Übersetzens. Er erzählte, dass auch in der sozialistischen Ära in Slowenien sehr viel übersetzt wurde, *eigentlich die ganze Weltliteratur,* und weiter, getarnt als nüchterne statistische Zahl, noch Erstaunlicheres: Sein Slowenien, dieses kleine große Land mit etwas mehr als 2 Millionen Einwohnern, steht mit rund 4000 Buchpublikationen p. a. (davon allein 1000 Jugendbücher), auf Platz 2 im Weltvergleich!
Ausführlich berichtete er von seiner Schulzeit, als nicht nur jugoslawische und russische Autoren auf ihrem Lehrplan standen, sondern auch – und die Namen

perlten ihm aus dem Mund – die großen klassischen wie modernen Literaturen italienischer und deutscher Sprache, die französischen und angelsächsischen … of course. Denn, so Slavo, es gab bei uns in der Schule, anders als in den *realsozialistischen* Staaten, keine »verbotenen« Autoren, gleich aus welchen Ländern und Sprachen. Später, an der Universität studierte er bei Anton Ocvirk, der nach dem Krieg den Lehrstuhl für vergleichende Literaturwissenschaften gegründet hat: *ein Lehrstuhl frei von Ideologie.*

Und wir?, fragte ich mich im Stillen, was haben wir an slowenischen, serbokroatischen Literaturen in der Schule *durchgenommen,* wie es damals hieß? Nichts bis wenig.

Selbstaneignung. Doch jede Ausrede kommt bekanntlich recht, und bei mir hieß sie nach dem Studium *Italienisch total*, samt seiner Inselsprachen.

Jahrzehnte später erst das Slowenische eher als Politikum mit Handke in den 90ern, und Fabjan Hafner, Slavoj Žižek, Maja Haderlap, das Eroberungen und Erfahrungen erst aus jüngerer Zeit.

In meinem unverwüstlich assoziativen Denken stand seit der Begegnung mit Slavo fest… Zu dieser Sprache, zu dieser Literatur muss ich mir Zugang verschaffen. Und so fuhr ich mit geschärfter Trüffelnase im vergangenen, dem ersten Verlags-Jahr zum Treffen des Slowenischen Verlegerverbands nach München, wo die *crème de la crème* der slowenischen Verlage, Auto-

ren, Übersetzer live oder per Video präsentiert wurde. Viele anregende Gespräche, überall Spuren hinterlassend. Prickelnder slowenischer Sekt. Flirt mit einigen slowenischen Buchprojekten, Besprechungen, synthetische Urteile über, aber nie authentisch Sprechendes, im Original Gelesenes: Wie also nehme ich die Hürde der Sprache, bin ich doch keiner einzigen slawischen Sprache mächtig. Und bekanntlich steht und fällt alles mit der Übersetzung ...
Ich streckte meine Fühler aus und lernte irgendwann Ann Catrin Bolton kennen. Erste ausführliche Gespräche in der Anflugphase sozusagen, und mit einem Mal zog Ann Catrin einen bereits übersetzten Textauszug des Romans *Misli name, ko ti je lepo* von Maja Gal Štromar aus ihrem Schatzkästlein.
Ich las, und das strömende Sprachgebilde hatte die Konsistenz des vielschichtigen Gesteins, das sich abgründig unter der Wasseroberfläche hinzieht. Das Wasser springt, stürzt, sprudelt. Sammelt sich, nimmt zuweilen auch die Farbe der Trauer an. Aber auch in einem Satz *Blau, Smaragdfarben, Türkis* und *Himmel.*
Eruptiv die Erzählweise von Maja Gal Štromar, die innerhalb von fünf Tagen – die Zeitspanne zwischen Tod und Beisetzung des Vaters, dieses im Leben viel zu oft abwesenden und nun mit seinem Tod alle Versprechen brechenden Manns – ihren Helden wiederauferstehen lässt. Sie erinnert sich lauthals, begibt sich mit dieser Erinnerung in ein Spiegelkabinett und versucht, sein

ganzes Leben zu sezieren, auch das noch vor seinem Vatersein. Und sie tut das so liebevoll und ironisch-humorig, selbst das Kleeblatt fragt sie der dialogischen Struktur willen um Erlaubnis, ob sie es denn pflücken darf!

Am Ende ihrer *großen Anrufung* des Vaters hat sich die Erzählende selbst neu geschaffen. Das Haus der Kindheit niedergebrannt. Sich befreit.

Wie im Theater finden wir im großen Monolog die Rollen der Trauernden und Glücklichen, der Tochter, Schwester, Braut, Kontrahentin, Rivalin in einer Person vereint. Es bedarf für diese Identitäten keiner Maske, keines Kostüms. Als Schreibende hat Maja Gal Štromar, die, nicht schwer zu erraten, auch Schauspielerin und Theaterautorin ist, alle *Bühnenkleider mit kratzigen Nähten immer schon am eigenen Leib* tragen müssen.

Jetzt aber im wahren Leben – in der Literatur, im Text – sucht sie sich die Gewänder selber aus, perfektioniert sie bis ins Detail. Sei es die Farbe Violett, sei es die des Blutrots, das als Rot des kommunistischen Sterns aufscheint – Maja Gal Štromar verwebt das Intimste mit der großen Weltgeschichte – aufs, nein nicht aufs Harmonischste: Überraschend, frappierend, auf alle Fälle – eruptiv wie der Vulkan, der dieses kleine Meisterwerk umhüllt.

Monika Lustig, August 2020

Ich hasse dieses In-Worte-Fassen. Ich mag kein Gejammer, kein fruchtloses Herumstreunen auf sumpfigen Feldern. Ich ertrage das Aufwärmen alter Schmerzen nicht, ich verachte Schwächlinge. Ich bin eine verängstigte Paranoikerin, die mit Flüchen Dämonen vertreiben will. Ich bin eine Scheinheldin, eine papierne Jungfrau von Orleans, die unerschrocken in längst vergessene Brandstellen stürmt. Ich provoziere die Verführer und stifte sie zum Morden an. Ich rufe den Tod herbei und schmücke mich mit ihm. Ich versuche, bewusst die Fallen zu übersehen, die abendliche Irrlichter mir weben. Ich hasse das Weinen, ich dulde keine Schwächen, nicht meine, nicht die meiner Nächsten. Vor allem aber lüge ich. Viel und oft. Ja, so vielleicht hätte ich anfangen müssen. Aber ich kann nicht. Ich kann nicht mehr so anfangen. Denn die einzige Wahrheit, die vor meinen Augen pulsiert, ist das Verschwinden meines Vaters. Und das ist nicht die Frucht meiner verdorbenen Phantasie. Er ist auf meinen ausgebreiteten Händen gestorben. Früher oder später musste es so kommen.

(Janet Marie Lientz,
In der Parallelstraße der Magnolien)

Die Sorge trieb mich her für meinen Sohn,
Für ihn wollt ich dein Herz erflehn – Umsonst.
In meiner Liebe einzigem Gefühl
Konnt ich von nichts dir reden als dir selbst.

(Jean-Baptiste Racine, *Phädra*, 2. Akt, 5. Szene,
Übersetzung von Friedrich Schiller)

Nein, das hier ist keine *Geschichte*. Es hat keine Struktur, keinen Anfang, kein Ende.

Es ist ein einziger *Wunsch*. Gefangen in seinem vollen Fluss. Inmitten von Nichts. Zwischen einem Anfang und einem Ende, die sich bloß erahnen lassen. Wie ein Vollmond über einem Kahlschlag im Karst, wie ein *Mann*, der mitten auf einer niedergemetzelten Wiese steht und über eine Wucherung schweigt, über ein Wort, das einem den Mund eng macht, zu eng, um alles hinausschreien zu können. Es ist nur ein Wort, das senkrecht auf die aufgewühlte Erde prallt, wie ein Pfahl, der in all seiner stumpfen Grausamkeit gegen die mürb gewordene Erde brüllt, bis die Sonne auftritt. Eine Sonnenwucherung. Und denken Sie sich einfach, es finge an. Nein, nichts fängt an. Alles setzt sich einfach nur fort.

Die Unerträglichkeit des Anfangs

Es würde genügen, wenn ich fiele. In den Strom fiele. Wie es passieren kann, dass man im Sommer versehentlich in den Fluss fällt, nachdem man ihn schon so lange vom Ufer aus betrachtet hat. Aus dem einen oder anderen gewichtigen Grund hat man sich nicht hineingetraut (*alle Gründe sind immer gewichtig, besonders, wenn sie uns von etwas fernhalten*), auch wenn man statistischen Daten zufolge bereits auf halbem Weg zu seiner Mündung sein soll. Es genügte vielleicht, in diesem Fluss einen *Fisch* zu fangen, so habe ich das an anderer Stelle genannt. Ebenso gut hätte ich es den *tauglichen Gedanken* nennen können, der mich verfolgt, seit ich diese Erde betreten habe. Ich weiß nicht, wann das Bedürfnis, die *Tauglichkeit des Gedankens* zu jagen, aufgekommen ist, deshalb sage ich, es war schon immer da. Von Anfang an. Es begann im Ursprung. Es genügte also, wenn ich beim Anfang anfinge. Bei dem Moment, als man mir die Nabelschnur durchtrennt hat. Oder als bei meiner Mutter die Fruchtblase geplatzt ist. Ein dünner, warmer, und schleimiger Fluss zwischen ihren Beinen hervordrang, ein kleiner Wasserfall, und mein Vater sie im weißen Fiat ins Krankenhaus gefahren hat. Wegen der unerträglichen Wehen zündet er ihr eine Zigarre an, und sie pustet und zieht wie verrückt. *Wasser, Fiat, Zigarre,* mein Anfang, und ein Mann, von dem ich nur den Rücken sehe. Er fährt Auto. Ein Anfang, der eine schmerzhafte Weitung des Beckens mit sich bringt, unerträgliche Schmerzen. Die Geburt als Augenblick des Schmerzes und zugleich momentaner Freude. Gleiten. Weinen. Schnitt und wieder Weinen. Ein Knall in den Lungen, die Seifenblase zerplatzt, und das Atmen setzt ein. Man beginnt zu atmen. Allein. Selbst. Eigenständig. Vom Schmerz zur Freude. Weinen, das freudige Weinen des Entstehens. Und der Mann, von dem ich nur den Rücken sehe. Geht er fort, steht er? Oder lenkt er nur die Karawane und ist es deshalb selbstverständlich, dass er mir den Rücken zudreht?

Es ist nicht einmal ein Gedanke, das, was mich in Stücke reißt, das, was ich erwischen will, das, was ich gern in Worte fassen würde: Nur ausfransende Materie, vielleicht ein verwackeltes Bild, etwas, das nur für Augenblicke sein Ende in Reinschrift und klar lesbar darbietet. Nur für Augenblicke zeigt es sich als klares Ende, als Klärung des Durcheinanders. Hoffnung kommt auf, ein heller, klarer Spalt des Behagens. *Aufatmen.* Das würde ich vielleicht einfangen wollen. Aber solcherart Erleichterung zeigt sich nur gelegentlich, in stoßartigen Schüben und für gewöhnlich dann, wenn ich in Bewegung bin, wenn ich mit dem Auto unterwegs bin, nicht mehr im weißen Fiat, sondern mit meinem *Rosso malizioso,* dem giftroten Sechzehnventiler. Gehe ich fort, stehe ich? Oder *lenke* ich diese Karawane nur, und ist es daher selbstverständlich, dass ich mir den Rücken zudrehe? Also, wenn ich fahre und wenn ich nicht zu Hause bin. *Wenn ich nicht zu Hause bin,* sage ich, wiederhole ich überrascht. Warum nur dann? Was bedeutet das, zu Hause sein? Wohnen? Leben? Sein? In den vier Wänden des Erwachsenseins wohnen und sich noch immer wie eine Fremde, wie eine Geheimagentin im Haus der Kindheit herumdrücken? Spionieren? Wem hinterherspionieren?

Es würde genügen, wenn ich so anfinge: Was bedeutet es, ein Zuhause zu haben? Einen Fluss. Ein *Flusszuhause.* Und dann führe ich mit der Untersuchung fort, wo das erste Zuhause aufhört und das zweite anfängt, wohinein sich der Fluss ergießen wird, in den ich gern einträte. Solange ich nicht hineinsteige, fließe ich nicht, vergehe ich nicht. Vielleicht stehe ich deshalb am Ufer, wie eine Göttin. Eine Göttin des Zauderns. Weil ich Angst habe, *auszuströmen. Mich endgültig zu verflüssigen.* Deshalb lieber erst gar nicht anfangen, wenn man nicht aufzuhören weiß. Ist Obdachlosigkeit eine Kategorie der Schwäche?

Ich weiß nicht, warum ich all das schreibe, wie ich auch nicht weiß, warum ich bereits seit einem Monat eine unbekannte blühende Pflanze auf meinem Balkon gieße und pflege. Ich frage Passanten, ob dieses wuchernde Etwas eine Kartoffelpflanze sein könnte, oder Erdbeeren, vielleicht ein Tomatenstock. Etwas, das Nutzen bringt. Etwas, das mich ernährt. Sie wächst unglaublich schnell, breitet die Blätter aus, ist anspruchsvoll, braucht jeden Tag einen großen Eimer Wasser. Dann schießt mir ein Gedanke durch den Kopf. Vielleicht ist es nur Unkraut. Möglicherweise züchte ich Unkraut. Etwas, das hartnäckig und parasitisch ist. Etwas, das *gesunde* und vernünftige Menschen ausreißen und wegwerfen, im Keim ersticken. *Weil es nichts Nützliches ist? Etwas Lebendiges nur deshalb vernichten, weil es uns nicht ernährt? Muss das Pflegen von etwas denn immer mit einem Zweck, mit einem Nutzen, mit Vernunft verbunden sein?* Und ich lasse zu, dass seine Unbrauchbarkeit sich ausbreitet und fortpflanzt. Und warte, dass die Pflanze Früchte trägt. *Früchte trägt oder ausartet?* Trägt Unkraut Früchte?

Es hätte wahrscheinlich genügt, wenn ich gefallen wäre. In den Strom. Aufgehört hätte, eine außenstehende Beobachterin zu sein, *eine außenstehende Berichterstatterin meines Lebens.* Vielleicht könnte mich jemand hineinstoßen. In den Fluss stoßen. Ins Glück stoßen. Vielleicht könnte ich jemanden anheuern, der mich hineinschubst. Wie damals, als ich einen Freund bat – ich war schon ein gutes Stück über Zwanzig –, mir hinten am Fahrrad kleine Stützräder zu befestigen. Mein Vater hat mir nämlich nie das Radfahren beigebracht, und ich hatte einfach Angst, ohne jeden Halt den Abhang hinunterzufahren, Angst, die Kontrolle zu verlieren. Die kleinen Räder zum Halten des Gleichgewichts brauchte ich und bat daher den Freund, sie von Tag zu Tag immer ein wenig höher zu setzen, bis sie nicht mehr ihren Dienst taten, aber so, dass ich es nicht merken würde, heimlich, obwohl ich ja Bescheid wüsste. Und dann würde ich äußerst überzeugend so tun, als hätte ich trotzdem noch die Stütze, bis ich mich *mit Vertrauen* auf einen echten Fahrradmarathon begeben würde. Auf die gleiche Weise könnte mich jemand aus reinem Mitgefühl in den Fluss stoßen, ins Glück, in den Strom. Ich finge an, Vertrauen zu haben, obwohl mein Vertrauen aus einer Notlüge erwüchse. Ich finge an zu leben, denn mir kommt es noch immer so vor, als wäre ich nicht im Strom, als stünde ich noch immer am Ufer, würde lediglich von Zeit zu Zeit die Füße in den angeschwemmten Kies graben, mich in der Eiseskälte waschen, mitten ins Wasser springen, aber nur für einen Moment. Gleich darauf würde ich einen Stein suchen, auf den ich mich stützen könnte, um wieder nur zu schauen und zu schauen, eine stumme Beobachterin des Flusses, der an mir vorbeifließt. *Eine außenstehende Berichterstatterin meines Lebens.*

Unablässig warte ich auf etwas. Ich versuche, mich an dieses erste Bedürfnis zu erinnern, diese Not, als ich eigenständig atmen wollte, als ich mit dem Kopf gen Ausgang drängte. Ich versuche, die Vehemenz des Scheitels zu spüren, der stur auf den Lichtspalt aufprallt und unsanft die mütterlichen Knochen weitet, bricht. Ich versuche, mich an den Moment zu erinnern, als ich mit einer Horde wild gewordener Spermien auf die Eizelle zujagte. Ich versuche, mich an diesen Moment des Triumphs zu erinnern, als ich erkannte, dass ich es geschafft hatte. Ich allein unter Milliarden von Marathonläufern. Ich würde mich gern erinnern, wie sich das Köpfchen des Spermiums in das weiche Gewebe der Eizelle schob, sich noch tiefer in das durchblutete Magma der Entstehung drängte und den Schwanz abwarf, den es nun nicht mehr brauchte. Ich versuche, mich an das Wesen in der mütterlichen Zelle zu erinnern. Jener Zelle, die sich aufteilt auf Vergänglichkeit und Ewigkeit. Ich versuche, mich zu erinnern, wie bravourös und selbstbewusst ich das gemacht habe. Es verstand sich von selbst, dass ich geboren werden wollte. Selbstverständlich war es, dass ich werden wollte, selbstverständlich, dass ich der Keim eines Lebens war. Ich hatte es geschafft. Ich, die ich keinen Kilometer laufen kann, ohne dass mein Rücken mich im Stich lässt, ich, mit meiner nicht voll genutzten Lungenkapazität. Ich versuche, mich an das Gefühl des ersten Sieges zu erinnern, die Abgeschlossenheit in der Eizelle, die friedfertige Erholung von der Empfängnis und die Freude des Wachsens, die noch vor mir liegt. Habe ich damals geliebt?

Das Glück ist für einige jener Moment, den sie *Zuhausesein* nennen, in sich sein, anwesend sein, dieser flüchtige Freudenrausch, der schon versiegt, kaum hat er das Gehirn überflutet. Denn dort, im Gehirn, soll ja angeblich alles stattfinden, in den chemischen Prozessen, in den Hormonen. Manche wiederholen das nur allzu gern, aber vielleicht dient es nur zur Rechtfertigung, und sie fliehen mithilfe der Wissenschaft vor etwas, das sie überraschen und ihnen überlegen sein könnte. Das Ende ihrer Kontrolle bedeuten würde. Vielleicht ist die Wissenschaft ebenso spekulativ wie alle anderen Eingebungen, nur mit dem Unterschied, dass hinter ihr eine Maschinerie steht, oh, *wie witzig*, eine Maschinerie, die letztlich der beschränkte menschliche Verstand geschaffen hat. Ich gebe niemandem endgültig recht, denn ich weiß es nicht. Wüsste es aber gern. Ich fiele gern in den Strom des *Aufatmens*. Fände mein Zuhause. Sein, also, entspannt und glücklich sein. In sich selbst wohnen. Immer. Ohne Zweifel, ohne Kontrolle. Auf der Couch, einer Ausziehcouch, die gleichzeitig ein Herz sein kann, ein Ausziehherz, mit einem Bier oder einer Cola in der Hand, die ein Getreidefeld des Streichelns sein kann, mit einem Becher Kastanieneis, ein *mein Ballon kann ein Regenschirm sein*, mit Beinen, die Liebe sind, mit den Füßen auf dem Tisch, der ein Horizont sein kann, der niemals ein und denselben Sonnenuntergang wiederholt. War so der Augenblick meiner Geburt? War ich damals glücklich? War mein erstes Weinen eines der Rührung darüber, dass ich mich auf diesem Planeten materialisiert hatte? Wer weiß das schon. Mama sagt, ich hätte gesungen. Kein bisschen geweint, sondern eine Art Tonleiter gesungen. Eine Tonleiter in einer besonderen Tonart, mit einem besonderen synkopierten Rhythmus. Was war das für eine Melodie? Eine glückliche in Dur oder eine wehmütige in Moll?

Das Glück als Verbform gibt es nicht. Vielleicht deshalb, weil es keine Dauer enthält, es ist nur ein Knall, ein Zucken. Ein vollendeter Zustand, eine Ahnung, aber nie eine Unvollendetheit. Glück hörte sich als Zeitwort vermutlich an wie *sich immer wieder und von neuem begegnen. Lächeln.* Ja. Ein glückliches Zusammentreffen. Die Flüchtigkeiten, die in uns aufkeimen und im Vergessen versinken. Nur das glückliche Zusammentreffen bringt eine gewisse Dauer hervor. Und auch die ist begrenzt. (*Wieder überfällt mich die Erkenntnis.*) Mit dem Haltbarkeitsdatum auf der Schachtel. Von bis. Von Mündung zu Mündung. Vom ersten Abfließen des Samens zum Abfließen des Flusses ins

Meer. Und dazwischen glückliches Zusammentreffen. Das Datum steht auf der Verpackung. Möglichst innerhalb des angegebenen Zeitraums verwenden. Nach Ablauf des Haltbarkeitsdatums unbedingt wegwerfen. Kommen, also, um glücklich zusammenzutreffen, und dann fortgehen.

Ich schleiche wie eine Katze um den heißen Brei. Und fange nicht an. Ich kann noch nicht. Ich werde den Film noch ein paar Mal an den Anfang zurückspulen müssen. Ist es wirklich so schwer? Zu sagen, dass ich auf einem Stuhl sitze und ins Leere blicke? Ich versuche, mich zu erinnern, rufe es herbei. Die Menschen im Zimmer warten respektvoll. Sie sind geduldig. Sie schweigen. Sie wissen, wie schwer es ist, einen leeren Stuhl anzusehen. Ist der Stuhl, auf dem ich sitze, wirklich leer?

Und so kehre ich zurück zur *Tauglichkeit des Gedankens,* der mich antreibt, zu seiner Flüchtigkeit. Ich würde versuchen, ihn an seinem Ende zu packen, vielleicht jetzt nicht mehr am Anfang, nein, am Ende, und so tun, als könnte man einen *Fisch* mit der Hand fangen. Aber wir sind nie, so scheint mir, ausreichend gewappnet, ausreichend gerüstet für die Jagd nach dem tauglichen Gedanken. Oder ich packe das abgeschnittene, ausgefranste Ende des Fadens, gerissen, wie nach abgeschlossenen Stichen in das weiche Gewebe eines Kindernachthemds, das ich nie ausgezogen habe, in der Erwartung, erwachsen zu werden. Ein Nachthemd, das ich bis in alle Ewigkeit geflickt habe. Vielleicht würde ich mir das Ganze gern anschauen, aus der Ferne, durch ein Weitwinkelobjektiv, wie ein Schneider den grauen Zwirn sieht, in der Fabrik aufgewickelt auf eine Kartonspule, und genau weiß, wo sein Anfang und wo sein Ende ist, alles an einem Stück. Wie wahrscheinlich nur die Seeleute zu sagen vermögen, wo das Meer beginnt und wo es endet. Vielleicht würde ich lieber eine Geschichte schreiben, einen Roman, ein Drehbuch, um ihn, diesen *klopka* begreifen zu können, herauszujäten, und ich muss lachen: Bedeutet *klopka* im Kroatischen nicht Falle? Ich sehe im Wörterbuch der slowenischen Schriftsprache nach, das Wort *klopka* gibt es nicht. Vermutlich habe ich *klobčič,* Knäuel, gedacht, aber es schrieb sich *Falle* hin. Es hat sich in einer fremden Sprache in mich eingeschlichen, und weil die Sprache vom Zustand in Gang gebracht wird, ist klar, dass ich Falle meinte. Ja, Falle. Ist mein Schreiben denn eine Falle? Dieser Wunsch nach Ganzheit? Und wieder zersägt es mich: Falle, das ist auf Slowenisch *past*, und *past* im Englischen Vergangenheit, Vorübersein. Die Vergangenheit ist eine Falle. *Past is past.* Der Wunsch bleibt bestehen, ungeachtet seiner sprachlichen Zugehörigkeit, der Wunsch, die Mäander aufzulösen, die unbekannten Knotenpunkte, und dann wüsste ich Bescheid. Was wüsste ich genau? *Ich stiege in den Fluss, den ich nur betrachte und dem ich hinterherrufe, er solle doch auf mich warten.* Ich zöge den Faden auseinander in die Waagerechte, von hier nach dort. Ich malte Punkte darauf, Jahreszahlen vielleicht, die Ereignisse meines Lebens. Alle Ufer meiner Aufenthalte. Ich reihte sie aneinander wie winzige Perlen einer Kette und legte sie mir um den Hals. Mit Sicherheit wüsste ich, müsste ich wissen, müsste ich erkennen, was das ist, was immer in mir anwesend ist, was da immer in mir pulsiert wie eine *ewige Vollendetheit.* (*Aber noch immer würde alles in meinem Innern zustimmend nicken: Das ist ein Wort, nur ein Wort, es kann keinen Stoff zum Ausdruck bringen!*) Aber in diesem Ebenmaß der Zeitgeraden müsste ich es sehen. Wenn ich das ausspreche, befinde ich mich zugleich in der unmittelbaren Nachbarschaft der *Unruhe* und eines brennenden hohlen Wunsches nach dem finalen Schnitt. Als wollte ich in einem Schwung die Welt verstehen und mit ihr abschließen. *Aufhören, unruhig zu sein.* Mein Leben am Ende des Fadens packen, das von jeher die andere Seite küsst. Alles abschließen und alles Überflüssige zugleich über die Schulter werfen. In den Papierkorb. In den Basketballkorb. Freiwurf. Eins zu null. Ich liege in Führung. Ich siege. Ich verliere, um zu siegen. Aber ich möchte keinen Wettkampf mehr. Mich messen. Ich bin nicht fähig, Handel zu betreiben. *Ich bin nur traurig, traurig und unruhig. Das möchte ich nicht mehr.*

Nein, ich würde nicht wirklich abschließen wollen. Vielleicht spreche ich über den Tod, werden Sie sagen, aber glauben Sie mir, es geht nur um das Kokettieren mit der Formulierung, wie die Dichter sie liebend gern auf die Buchdeckel drucken lassen, um bei den Lesern Ehrfurcht zu wecken und vielleicht schmerzvolle Bewunderung, denn er, der Schriftsteller, weiß, was es bedeutet zu sterben. (*Wie in jedem wirklich guten Film muss man auch hier ein bisschen Tod anbieten, ein bisschen Sex, ein bisschen Geburt, ein bisschen Schmerz. In den besten Ratgebern ist immer die Rede davon.*) Nein, im Grunde würde ich gern neu anfangen. Über die Geburt sprechen. Wieder von Nichts an. Von Anfang an. Einen Faden zwischen zwei Häusern spannen, zwischen zwei Zuhause, *zwischen dem Zuhause meiner Kindheit und dem der erwachsenen Frau,* und dann leichtfüßig wie eine Ballerina über den Abgrund schreiten. So habe ich mir als Kind den Anfang des Lebens vorgestellt. Auf ein Blatt Papier habe ich einen Jungen und ein Mädchen gezeichnet. Ungelenk, die eine zweifellos kreisförmig und mit Rock, der andere mit einer geraden Linie in Hosen. Ich war klein, meine zeichnerischen Fähigkeiten waren nun einmal die: simple Striche und zwischen den Bäuchen der Figuren ein Faden. Nein, keine Geschlechtsteile, nur ein Faden zwischen ihren Körpern, und auf dem Faden winzige Gestalten, geschlechtslos, undefinierbar, die in gleichmäßigen Abständen vom Vater zur Mutter marschierten. Von Nabel zu Nabel. Wie böse er auf mich war, mein Vater! Er schwenkte das Blatt über dem Bett, auf dem ich lag, und brüllte, wer mir denn solchen Unsinn vorgeschwindelt hätte. Ich verstand nicht, weswegen er mich schimpfte. Welchen Fehler ich begangen haben sollte. Er brüllte nur und wedelte mit dem Papier. Vielleicht aus Verlegenheit. Ich weiß es nicht, wir haben nie darüber gesprochen. Ich hätte gern begriffen, wie ich angefangen habe zu sein. Mein Bruder grinste in sich hinein, er hatte mich verpetzt, das wusste ich. Dann war alles vergessen. Die didaktischen Erklärungen nämlich, wie ich geboren wurde. Wie alles angefangen hat. Sie kauften mir das Buch *Der Storch geht in den Ruhestand* und noch ein paar ähnliche Geschichten. Auch das über die *Kleine Hausfrau*, wo die Mutter ins Krankenhaus geht und die brave Tochter dem Vater Wiener Würstchen und Pudding kocht. Wie sehr wünschte ich mir, dass meine Mutter einmal krank würde, damit ich mit ihm allein sein, ihm beweisen könnte, dass ich imstande war ein Abendessen zuzubereiten. Aber meine Mutter war immer gesund, kräftig, unbezwingbar. Nur einmal musste sie im Bett bleiben, als sie mein Brüderchen oder Schwesterchen abgetrieben hatte. Und so konnte ich von Abenden mit Pudding und meinem

Vater nur träumen. *Mit dem Vater zusammen zu sein war nach der quasiliterarischen Vorlage »gleichsam didaktischer« Natur nur in dem Fall möglich, wenn die Mutter einmal brüchig, hinfällig, abwesend sein wird. Welch schwerer, schmerzlicher Anker für Generationen von Jugendlichen, denen derartige Ratgeber geschenkt wurden: Mutter, geh weg, entferne dich, gib dem Vater ein Stückchen vom Raum deiner Güte und Gesundheit ab! Mutter, ersticke ihn nicht mit deinem Heiligenschein!* Aber ganz neu, bei null anzufangen, ist vielleicht die gleiche Falle wie beim Gesicht einer Person, das sich als ein und dasselbe auch auf der Kehrseite der Medaille wiederfindet. Die Krankheit der Ungeduldigen und Unterernährten.

Vielleicht müsste ich am Ende anfangen, das kein Ende ist. Vielleicht ist es nur der Anfang des Abspulens. Solange wir leben, glauben wir stets, unendlich viel Zeit vor uns zu haben. Und wenn wir sterben, verdichtet sich diese Zeit und verflacht. Die Zeit verschwindet. Unumkehrbare Nächte versenken uns in ihrer Brust. Wenn wir sterben. (*Mit einem Schuss Perversität tränken wir Schriftsteller unsere schlechten Angewohnheiten noch immer mit Gedanken an den Tod, werden Sie sagen.*) Doch nicht zuletzt ist es just die Nabelschnur, durch die sich mir der Gedanke ans Ende eingeprägt hat. Als ich geboren wurde, war nämlich die Nabelschnur dreimal um meinen Hals geschlungen. Manche sagen, ich habe schon damals fortgehen wollen. Schnell Schluss machen. Nur mal einen kurzen Blick reinwerfen und dann die Tür wieder zuschlagen. In einem Schwung alles durcharbeiten, das Augustgewitter kennenlernen, den Durchzug und sich von diesem irdischen Mist lossagen. Im Gegenzug meinen jungen Schöpfern unendlichen Schmerz zufügen und ihnen die Freude an einer kreischenden kleinen Kreatur vorenthalten. So plärrte ich lieber los, vielleicht aus Neugier, was sich dahinter verbirgt, oder eben aus Entgegenkommen. Und noch heute liebe ich Halsketten. Und bin noch immer entgegenkommend. Ein witziger Gedanke, dass man sich in Korallen kleidet, aber nicht, um aus Eitelkeit seine Reize zu betonen, sondern seine Endlichkeit. Die Menschen wissen nicht, dass man im Putz des Kitsches eine Niederschrift des Endes trägt. Eine Aneinanderreihung von Korallen, die jetzt unruhig auseinanderkullern, ins Meer hinein.

Anfangen. Aufhören. Die Tauglichkeit jagen. Im Grunde bin ich noch immer hier und warte auf Erlösung. Ich verzögere. Damit mich jemand in die Ecke drängt, mich zwingt, loszulegen. Mir jemand die Stützräder abmontiert. Mich ins Wasser wirft. Warten auf die magische Erlösung. Was für eine Schwäche. Woher habe ich die? Die Erlösung kann auch ein Topf gekochte Spaghetti und eine Dose rote Bohnen sein, die satt machen, die

Unruhe in den Eingeweiden stillen, jedoch nur für kurze Zeit die Entleertheit füllen. Die Bauchspeicheldrüse meldet dem Gehirn: alles in schönster Ordnung, und ersetzt mit dieser Täuschung die immer größer werdende Leere oder macht sie zu einem Schatten ihrer selbst. Ich weiß es nicht. Ich weiß nur, dass es eine Notiz bleibt, ein leerer Raum der Täuschung. Heilung? Sie ist wie ein Schwindefluss, es gibt sie und es gibt sie nicht, und immer wieder entsteht sie neu. Und obwohl wir alle Tricks beherrschen, um sie durch Gesundes zu ersetzen, durch Laufen, durch immer neue Aktivitäten, ist sie, in irgendeinem Nachhall, noch immer da. Verbissen strampeln wir mit dem Mountainbike den Abhang hoch, bis das Kreuz schmerzt, die Knie brennen; und auch nach der Operation, wenn alle bereits in einen hineinlangen, wenn die Welt in einen hineinlangt, man gezeichnet ist von Namen, Worten, Skalpellen, zerbrochenen Illusionen, tritt man noch immer in die Pedale, schwitzt und verflucht den Berg und ist ihm dennoch dankbar, weil er einen so stiefmütterlich behandelt und den Wunsch nicht zulässt, sich einen Augenblick in sich selbst beruhigen zu dürfen: Denn dann müsste man sich ein für alle Mal selbst in die Augen sehen. Man müsste sehen. Dort, in der Ebene, ist alles sichtbar, offen. Das Tal der Klarheit liegt vor einem wie die Linien auf der Handfläche. Aber es ist nie gut, zu rasch zu sehen. Sonst brennt man aus durch das Zuviel an Licht, die gleißenden Strahlen der Wahrheit. Welcher Wahrheit? Dass man nicht fortgeht. Dass man nicht stirbt. Wenn ich davon erfahre, sterbe ich also? Ist das *Erfahren der Wahrheit* tatsächlich ans *Sterben* geknüpft? *Einen Faden zwischen zwei Häusern* spannen, *zwischen zwei Zuhause, zwischen dem Zuhause meiner Kindheit und dem Zuhause der erwachsenen Frau.* Werde ich mich über diesen Abgrund wagen?

Deshalb jagt man den Berg hoch, weil man nie den Gipfel sieht. Nie wirklich das Ende sieht. Und glaubt man dann, auf dem Gipfel angelangt zu sein, taucht ein neuer Gipfel auf. Oder man schafft sich selbst einen unter Schmerzen. Immer aufs Neue stellt man sich vor die Klagemauer. Immer aufs Neue fürchtet man sich davor, zu begreifen. Was zu begreifen? *Dass man mit der endgültigen Annahme der Liebe sterben muss?* Wenn sich doch nur für einen Moment der *anstrengende Weg* in einen legte, denkt man, und immer dann, wenn es am wenigsten passt, fällt es einem wieder ein.

Wenn ich mich doch nur damit *abfinden* könnte, so zu sein wie die dünne Spur weißen Zuckers auf dem Tisch, die durch ein Missgeschick aus der Papiertüte gerieselt ist, dann würde ich feststellen, dass er immerzu da ist, noch immer da ist, mehr noch, dass er sich nie fortbewegt hat, weil ich nicht will, dass er sich fortbewegt. Ich landete an ein und demselben wackligen Tisch, an dem Kirschholztisch meiner Kindheit. Und starrte in mich selbst in Anwesenheit des liebsten Antlitzes, das nicht da ist. *Vaters Antlitz.*

1.

Es war ein Sommertag. Ich wusste, seit langem wusste ich, dass ich mich auf diesen Tag vorzubereiten hatte. Und immer wieder, wenn ich zum Zypressenhügel sah, fragte ich mich, ob es Sommer oder Winter sein würde, wenn er dann käme, und ging im Kopf meine Garderobe durch. Ob ich wohl genügend schwarze Sachen hätte, Mäntel, Jacken, Sommerröcke, vor allem etwas für alle Jahreszeiten, ja, darüber dachte ich nach. Und auch über die Frage, ob ich wohl gegenwärtig, gesammelt genug sein würde, ob ich es ertragen würde, ob ich wirklich trauern würde, ob ich mich verabschieden könnte. Würde ich weinen? Ich betrachte mich im Spiegel, warte auf die Generalprobe. Breche in Tränen aus und frage mich zugleich, ob ich mich nicht bloß verstelle. Meine Augen sind geschwollen. Das geht schon seit ein paar Tagen so. Ich glaube es noch immer nicht. Wie soll ich mich auch von jemandem verabschieden, den ich im Grunde niemals wirklich zu mir eingeladen, niemals endgültig angenommen habe? Wie macht man das? Man sucht ihn lange, und dann, wenn man glaubt, ihn gefunden zu haben, muss man ihn begraben. Welch komödiantische Wendung. Man jagt Gedanken über das Ende hinterher, die wie wild gewordene Fliegen um eine reife Melone schwirren. Man verjagt sie, aber umso aufdringlicher kommen sie zurück. Sie kommen zurück, wie ungeladene Gäste, sodass man sogar meinen könnte, in ihnen hätten sich alle verstorbenen Vorfahren reinkarniert und wollten einem etwas sagen. Etwas, das sie einem zu Lebzeiten nicht hatten anvertrauen können. Und dann mischt sich ein Schuldgefühl in die Gedanken. Wie kannst du bloß an seinen Tod denken, während er noch da ist? Du siehst seinen Körper, wie er dahinsiecht, immer weniger wird. Er liegt auf der Couch. Er wäre noch imstande aufzustehen, wenn er wollte, aber er will nicht. Doch du vertreibst nicht nur die Gedanken, auch das Bild wird lästig. Du glaubst diesem Bild nicht, wenn du auf seine knochigen Waden blickst, bis er das Laken hochhebt und du die Oberschenkel siehst, die keine Oberschenkel mehr, nur noch in Haut gehüllte Knochen sind, die dich an unterernährte afrikanische Kinder erinnern, an Lagerinsassen. Er, der sich sein Leben lang bemüht hat abzunehmen. Er, mit dem Bauch und den verquollenen Augen. Aber wir sprechen nur übers Wetter, *zwiebulieren* über Cremes, die das träge Blut durch die Adern jagen könnten, über Wacholdergel, über die wundertätige Arnika, die helfen und heilen sollen. Und ich bin still, es hat sich *ausgestillt* in mir, ich atme kaum, ich *stumme*, wenn er hustet, weil er nicht mehr atmen kann ohne zusätzlichen Sauerstoff. In der Zimmerecke eine Gasflasche und Schläuche, eine durchsichtige Maske. Er sagt, er atme wie durch Kiemen. Und wir grinsen angesichts seines Galgenhumors. Ich weiß es, ich weiß alles, obwohl ich es nicht wissen will. Denn jetzt ist der Augenblick gekommen. Bislang war ich weit fort, in irgendeiner Stadt, es ging noch irgendwie, nicht wahr? Mein dramatisches Talent hatte Kenntnis, sah, wusste. Aber hier zu sein, das geht nicht. Ich kann nicht. Ich schaffe es nicht. Ich gehe mit einem Kollegen Kaffee trinken. Ich sitze am Meer. Eine Kastanie spendet mir Schatten. Ich bin schön, ich bin gepflegt, der Übergang von Frühling zu Sommer macht mich immer so frisch, aber ich versuche, ein säuerliches Gesicht zu machen, zu sagen, dass es schlimm ist, dass ich warte. Und ich weiß wieder nicht, ob ich es ehrlich meine oder nur irgendeine Kreatur spiele, die ihren Auftritt als Trauernde übt. Im Gegenzug erhalte ich einen mitfühlenden Blick, einstudiert, die Hand auf meiner, ein Druck, vielleicht ein Tätscheln. Und einen Kuss auf den Hals, den ich nicht erwarte. Ein Kuss des Mitgefühls, vielleicht des Bedauerns, nein, kein Kuss der Liebe. Und dort endet alles, bis ich um die Ecke gehe und denke: Ich habe ihn schon wieder verraten. Mich, dich, ihn. Im Voraus zum Verschwinden verurteilt. Und doch weiß ich, dass es so ist. Dass das Leben unumkehrbar ist. Und dass sich die Prophezeiung früher oder später erfüllen wird.

Er lud mich zum Mittagessen ein. Es war Montag. Als hätte er gewusst, dass es seine letzten Stunden sind. *Oh, wie köstlich das ist. Isst du denn nichts? Hast du schon? Isst du später?* Ich schwafele. Ich lüge. Ich sehe, dass er sein Gebiss nicht im Mund hat, weil er Angst hat, er könnte es ausspucken, und ich weiß, er wird nicht essen, weil er nicht kann. Noch immer tue ich so, als hätte ich solche Zucchini und ein solches Sarma noch nie gegessen, als seien sie etwas Besonderes, als sei das Rührei in Sahne etwas irrsinnig Neues und Gutes. Der Hund sieht mich an mit welkem Blick. Ein weißer, trauernder Pudel. Er liegt neben meinem Vater, der ihn fortjagen will, vergeblich. Ihm sei heiß, sagt er. Der Hund weiß Bescheid, darum tobt er nicht herum wie sonst. Still hockt er jetzt neben ihm. Er will ihn wärmen, will bei ihm sein. Der Hund. Ja, der Hund will das, ich aber kann es nicht. Und ich weiß nicht, warum. Ich würde es gern tun, aber ich kann nicht. Ich warte darauf, dass er mir die Hand gibt, bevor ich gehe. Er streckt sie aus und sieht irgendwohin in die Ferne, irgendwo hinüber. Deshalb kann ich nicht. Vielleicht auch deshalb, weil sich seine letzten Stunden hinzogen wie Strähnen; seit ich denken kann, zogen sie sich hin. Wie die *klopka,* die sich in mir eingenistet hat wie ein unbegreifliches Labyrinth. Seitdem ich begonnen habe, die Sprache zu verstehen, in der er stundenlang herumheulte, wenn er besoffen nach Hause kam, mit Verspätung, ja, immer später kam er, und jammerte, dass ihn keiner verstehe, ihn keiner gern habe, er es nicht mehr aushalte, er sich umbringen werde, seitdem kann ich es nicht mehr. Ja, dass er sich umbringen werde. Sein Tod hing immer in der Luft wie eine Drohung. Wie eine Erpressung. *Ich werde durchladen, mich abknallen, aber vorher werde ich euch alle umbringen.* Und ich presste die Hände auf Augen und Ohren, um das Blut nicht zu sehen, den Knall nicht zu hören. Ich erinnere mich nur, wie meine Mutter auf das Linoleum fiel, eines Nachts, auf die Knie. Ein metallischer Knall, aber woanders. Er zerstört den Schrank. Noch heute habe ich Erinnerungen an diesen Abend, das kleine Splitterloch in der Spanplatte, und ich höre das Flehen meiner Mutter: *Nein, nein, nein, bloß nicht. Du wirst sehen, es wird besser, morgen ist ein neuer Tag,* ich höre es noch, sein Name hallt in mir wider: *Tu das nicht.* Am Morgen danach war alles normal, das heißt ruhig. Er stand als Erster auf, duschte, ging zur Arbeit. Bei der Arbeit war er immer verantwortungsbewusst. Immer. Immer genau, der Beste, stets zuverlässig. So hieß es in seiner Grabrede. Er war der Beste, warmherzig, fröhlich, wie der Mai, in dem er als Waise geboren wurde. Er war keine Waise. Ich weiß nicht, woher sie das haben. Mein Bruder und ich stießen einander an, vor allen Leuten, genau dort, bei der Beerdigung, denn er hatte doch eine Mutter gehabt, die ebenfalls jahrelang gestorben war. Das erste Mal, als er meine Mutter heiraten wollte, denn sie wollte nicht zulassen, dass das edle Blut wegen einer gewöhnlichen Bäuerin verdorben werde. Sie hat kein blaues Blut, kein Geschlechterverzeichnis, keine ehrwürdigen Vorfahren. Und dann bemühte sich meine Großmutter zusätzlich bei jeder Gelegenheit zu sterben, wenn sie ihren Sohn bei sich haben wollte. Sie stürzte sich von der Mauer, nahm Tabletten, drehte in der Küche das Gas auf, schnitt sich die Pulsadern auf, warf sich ins Meer. Das ganze Programm. Obwohl mir die Schwarz-Weiß-Fotos ihrer geheimnisvollen Familie noch immer nichts sagen, führten sie neben den Überlegungen zur Blaublütigkeit auch zum Schmunzeln meiner Tante und meines Onkels. Die wollten sich nämlich an ihrer ach so edlen Mutter rächen und erklärten mir deshalb genüsslich: *Der da hat sich aufgehängt, der hat alles verspielt, und der ist verschwunden, sie hier hat ihren Mann betrogen, die Sau, und sich mit dem Knecht eingelassen, und die ist vor Traurigkeit gestorben, der an Krebs mit einem geheimen Konto in der Schweiz und fünf unehelichen Gören irgendwo zwischen den Weltmeeren, der ist zuckerkrank und blind, und was sollte man anderes erwarten von dieser verrückten Familie, als dass die Schwester eine Nutte ist, sie verkauft sich an Offiziere und macht sich mit Stricknadeln die unerwünschten Kinder weg, und der Bruder hasst Frauen und geht über die Grenze, um sich einen Mann zu suchen, einen Stecher. Eine Schwuchtel eben.* Alle starben, starben lange, bereiteten sich auf den Tag vor, der da heißt: *Wenn ich nicht mehr bin.* Bei der Tante die Lunge, beim Onkel die Lunge, beim Vater die Lunge. Die edle Großmutter hingegen, die war kerngesund. Wie ein Fisch im Wasser, bis zum Schluss. Erst das Alter konnte sie zum Schweigen bringen. Es heißt, Tuberkulose sei die Krankheit der mangelnden Liebe. Tuberkulose und alle anderen Lungenanomalien. Man kann nicht atmen. Asthma. Man kann das Leben nicht einatmen. Wie banal. Und dann, im letzten Moment, wurden ihre beiden Flügel mit Wasser überflutet. Nein, nicht die, mit denen man fliegt. Sie waren nie in der Luft. Mein Vater hatte sogar Angst vor Flugzeugen, so selten entschied er sich dafür. Also keine Flügel zum Fliegen, sondern die Lungenflügel. Das Wasser überschwemmte sie, warmes Wasser, wie eine Woge der Liebe, die sich über die Jahre kondensiert und an den Rändern ihrer traurigen Nächte gehalten hatte, bis sie übergelaufen und der Damm gebrochen war (*vom Wasser oder von der Wut?*). Und dann ist sie mit aller Gewalt hereingebrochen, um endlich zum Herzen zu gelangen. Über die Lunge ins Herz. Der lange Fluss des Vergessens. Eine Überschwemmung, ein Zusammenfluss der Liebe, die durch das jahrelange Zurückhalten verdorben war, wie alles, was nicht rechtzeitig ein Gleichgewicht findet. Was weiß ich. Wenn sie schon nicht atmen konnten, wenn sie schon die Luft nicht annehmen konnten, dann sollten sie wenigstens das Wasser annehmen, das Konzentrat des Empfindens. Wasser. Wasser in der Lunge, das schließlich durchbricht. Den Mangel durchbricht. Überschwemmt. Für immer. Amen. *Ich sehe seinen schwachen Körper, wie sie ihm mit Gewalt einen Schlauch hineinschieben, ihn gewaltsam in seine Speiseröhre treiben, und ich höre das Gurgeln, das Gluckern, das Blubbern, das Zischen, sie versuchen, ihm das Wasser aus der Lunge zu saugen. Seinen entblößten knochigen Männertorso wirft es auf dem Bett hin und her, es schaukelt ihn wie ein Boot im Sturm. Ich hätte mich beinahe auf sie gestürzt und geschrien, sie sollen aufhören, sie sollen ihn nicht quälen, sie sollen ihm erlauben, wenigstens ein paar Augenblicke vor seinem Weggang geliebt zu sein. Wenigstens ein bisschen. Geliebt, bevor er diese Welt verlässt.* Wie einsam diese Kinder gewesen sein mussten. Mein Vater, seine Schwester und sein Bruder. Herzenswaisen. Und so starben sie, starben lange und warteten auf etwas, das sie trösten könnte. Und das taten sie auf sehr dramatische Weise. Müssen wir wirklich sterben, um geliebt zu werden? Vielleicht habe ich meine theatralische Ader von ihnen. *Bis zum Ende warten, in Entsagung, Disziplin, unter Kontrolle, bis man eingeäschert wird und wie Phönix aus der Asche wiederaufersteht.* Wie traurig, im Grunde. Mein Vater und seine Schwester waren zwanghafte Esser, immer zu dick, immer zwischen Fresserei und strengen Diäten. Der Onkel war das Gegenteil, immer dürr, selbst Nudeln wog er vor jeder Mahlzeit auf der Küchenwaage ab. *Hundert Gramm sind genug,* sagte er. Hundert Gramm und nicht mehr. Als die Eltern meinen Bruder und mich einmal ein paar Tage in seiner Obhut ließen, gab er uns ein Stück Roggenbrot und ein Glas stark verdünnten Himbeersirup. Wir saßen am Tisch und nach ein, zwei Stunden klagten wir, dass wir Hunger hätten. Aber der Onkel bot uns nichts mehr an. *Ein Stück Brot ist genug,* wiederholte er. Wir weinten, wir hatten Hunger, aber vergeblich. Wir mussten *bis zum Ende warten in Entsagung, Disziplin, unter Kontrolle, bis man eingeäschert wird und wie Phönix aus der Asche wiederaufersteht,* oder eben aus dem Hunger. Als gäbe uns erst der Hunger die Erlaubnis und die Gewissheit, dass wir uns sättigen dürfen. Wie traurig, im Grunde. Ein Held des Hungers zu sein. Ein Held im Entsagen. Was für ein strenges Heilsprogramm hatte man uns da in die Wiege geworfen. Und als die Eltern uns abholen kamen, versicherte der Onkel, wir seien brav gewesen. *Brav in der Entsagung.* Aus einer solchen Geschichte kann zweifellos nur eine erfolgreiche Frau hervorgehen. Wie traurig.

2.

Er stand auf der Terrasse. In einem Traum. In einer Halluzination. Eine wiederkehrende Halluzination. War es ein Albtraum? Habe ich bis zum Ende fortgeträumt? Oder bin ich aufgewacht, und das Bild ist Wirklichkeit geworden? Ein Mann. Ein älterer Herr. Gepflegt. Auf der Terrasse seiner stattlichen Villa. Weiter unten eine große Wiese, englischer Rasen, Pampasgräser, eine Hundehütte, Gartenzwerge, Fliegenpilze, steinerne Schwäne. Schwäne im Flug. Schwäne, die niemals nirgendwo landen werden. Ich stehe hinter dem Zaun und spioniere. Spioniere mir selbst hinterher. Ein Motor wird angelassen. Er heult auf. Ich schaue durch das hölzerne Gitter des Zauns und sehe sie. Ein zerbrechliches Mädchen, blond, in einem kurzen Rock. Sie schiebt einen Rasenmäher. Bin ich das? Der Mann sieht sie an. Ist das vielleicht ihr Vater? Er könnte es sein. Die Arme des Mädchens sind nackt bis zu den Schultern. Sie schiebt den Rasenmäher mit aller Kraft. Trotz des Motors, der ihn vorwärts ziehen müsste, schiebt sie ihn beharrlich auf die sanfte Anhöhe hinauf. Die Oberarmmuskeln machen leichte Wellenbewegungen, alle Muskeln ihres Körpers zittern. Der Mann schaut, hat die Kontrolle. Er sagt nichts. Nur seine blauen Augen wandern kühl hin und her, zwischen den Furchen im gemähten Gras, das um den Körper des Mädchens aufspritzt wie ein smaragdgrüner Wasserfall. Das Mädchen blickt mal vor sich, mal zu ihm hin. Mit der Andeutung eines Lächelns, hinter dem sich Ehrfurcht verbirgt, schiebt sie die gefräßigen Klingen vor sich her. Sie bleibt stehen, löst die behandschuhten Hände vom Griff und betastet mal die rechte, mal die linke Hand. Vielleicht brennen sie. Wahrscheinlich haben sich auf den zarten Handballen bereits die ersten Schwielen, Schwellungen gebildet. Sie drückt die linke Hand an die Brust, und alles in ihr erzittert von dem Brennen. Das Zischen einer Sense verursacht Gänsehaut. Der Blick schwebt unter der Stirn hervor irgendwohin, nach oben, zu ihm. Vielleicht erwartet sie, dass sie diese Arbeit nicht weitermachen muss. Bittet sie um Gnade? Um Begnadigung? Nein, ihr Blick nährt die Weichheit der Inkaufnahme. Aber der Mann runzelt die Stirn, er mag keine Unterbrechungen. Jeden Moment wird er wütend aufbrausen. Zahm legt das Mädchen die Hände wieder um den Griff des Rasenmähers. Sie macht die Arbeit offenbar gern. Oder sie tut gern so, als wäre sie darin frei. Die Handschuhe sind mit einem niedlichen Blumenmuster bedruckt. Niedlich, oh, wie niedlich! Kraftvoll umklammert sie den Griff, trotz der Schmerzen, das Heulen des Motors ist zu hören, ein stoßartiges Winseln, und unter ihren Füßen raucht es, ein paar Grashalme fliegen in die Höhe, und alles wiederholt sich, dasselbe Bild, dieselbe demütige Wellenbewegung des Rückens, das Zittern der Oberarmmuskeln. Der Mann rührt sich nicht. Die Arbeit muss gründlich und vollständig ausgeführt werden. Und dann Stille. Die von etwas durchbrochen wird. Das Mädchen. Im Rücken ein Zittern. Der Motor verstummt. Das Mädchen bleibt stehen. Ich starre vor mich hin, auf einen Punkt vor dem Rasenmäher. Bin ich das? Bin ich wach? Ich richte den Blick nach oben, zu ihm, dann wieder zu Boden. Ich trete näher an den Zaun, um besser sehen zu können. Träume ich noch? Erwache ich gerade? Woher diese Bilder? Vor dem Rasenmäher ein einzelner Grashalm. Ein isolierter Grashalm. Allen bereits gemähten Grashalmen scheinbar gleich. Aber sie ist stehengeblieben, sieht ihn an. Auch ich sehe ihn an. Den Grashalm, der an seiner Spitze einen zusätzlichen Auswuchs trägt, eine Art grüne Blüte. Ja, es hat sich vor ihr ein vierblättriges Kleeblatt aufgerichtet. Wie ein Wächter, der ihr den Weg versperrt, baut es sich dort auf, der Wächter eines Schatzes, der die Losung verlangt. Ein Zeichen des Glücks genau vor ihr. Ganz nah vor mir. *Los, mäh schon, mach hin, dass du mit dem Mähen fertig wirst,* brüllt der Mann von der Terrasse. Das Mädchen schweigt. Ihr Mund verzieht sich zu einem Lächeln. *Aber hier ist das Glück,* ich hauche diese Beteuerung nur, die auch eine Frage sein könnte. Der

Mann lacht. *Dann pflück es dir,* sagt er. Das Mädchen zögert. Ich weiß nicht, warum sie zögert. Vielleicht, weil ich schlafe. Sie bückt sich zu dem vierblättrigen Kleeblatt. Sie betrachtet es aus nächster Nähe, als wollte sie etwas Bestimmtes sehen. Ein Gespräch in Gang bringen. Erfahrungen, Meinungen austauschen, von diesem Kleeblatt persönlich die Erlaubnis erhalten, es pflücken zu dürfen. Dann führt sie die Hand an den Mund, steckt die Spitzen des Mittel- und des Ringfingers zwischen die kräftigen weißen Zähne und streift die Handschuhe mit dem Blumenmuster ab. Der Mann dreht sich um. Er geht. Seine Bewegungen lenken den Fokus von jenen des Mädchens fort, ziehen all meine Aufmerksamkeit auf sich. Werde ich erwachen, sobald er weg ist? Ist das das Ende dieser spionierenden Träume? Ein Schwenk, wieder auf sie. Sie ist noch immer dort, kniet vor dem Glück. Ich habe den feierlichen Augenblick verpasst, habe weder gesehen noch gehört, wie die Handschuhe zu Boden fielen. *Ich werfe dir den Fehdehandschuh hin, ich fordere dich zum Duell heraus, stell dich mir, Glück!* Die Handschuhe auf dem Boden, und sie ohne Hände.

Was also hat mir so wehgetan? Die Leere?

3.

Das Ende des Fadens. Eines violetten Fadens, abgeschnitten, leicht ausgefranst. Ich bin in den Tag hinein erwacht. Den Tag, an dem ich ihn begraben muss. Noch im Dunkeln gehe ich durch den Gang zum Elternschlafzimmer. Ich lehne unter dem Türbogen. Ich zögere. Ich werde mich an den Rand legen. Den Grat zwischen Leben und Tod. Aufs Grab werde ich mich legen. Ich liege im großen Bett, neben mir gähnende Leere. Zwei eingedrückte Kissen. Weich gefüttert. Verwaist. Ich liege auf der Seite und beobachte dich. Du schwebst irgendwo über dem Karst, durch ein Tal, gehst auf irgendwelchen Straßen spazieren und suchst mich. Du hast noch nie mein wahres Zuhause gesehen. Du stellst es dir nur vor, wie ich mir jetzt deines vorstelle. Damit du mich nicht vergisst, reibe ich den violetten Faden zwischen den Händen und lege ihn unter dein Kopfende. Ich weiß nicht, wo du bist. Ich weiß nur, dass der Faden dich durch das Labyrinth wieder zu mir bringen wird. Ich schaue auf das steinerne Kreuz oben auf der Kapelle. Ich hebe den Blick, damit meine Tränen nicht zu Boden fallen. Damit sie zurück in die Augäpfel kullern. Ich kontrolliere mein

Kinn. Kein Zittern mehr, nur noch der Himmel. Und der Gedanke an dich, wie du einem unsichtbaren Faden folgend die Landung in meinem Herzen vorbereitest. Noch einmal reibe ich den Faden zwischen den Händen, spinne ihn mit den Fingern behutsam unter deinem Kopfende aus. Alpenveilchen duften. Ich weiß, in der Zeit des Übergangs vom Hier zum Dort, ich weiß, dort, jeder in seiner Welt, ich bin mir sicher, werden ich und du glücklich sein.

4.

Was soll ich anziehen? Wie wäre es, wenn ich auf der Beerdigung doch den schwarzen Hut mit der breiten Krempe trage? Eine Schauspielerin aus einer mexikanischen Telenovela. Schwarze Brille, schwarzer Hut. Habe ich ein Recht, schön zu sein, wenn du tot bist? Vielleicht könnte ich Weiß tragen, vielleicht müsste ich mich auf Weiß kaprizieren und tanzen, barfuß tanzen auf deinem Grab, wie eine Braut, Frau, Mutter, Kind, Tochter. Alle Rollen besetzen, die eine Frau besetzen kann. Vielleicht müsste ich mich mit dir freuen, weil du diese Hetzjagd endlich hinter dich gebracht hast. Den irdischen Kampf mit der Krankheit. Warum klatschen wir beim Abschied nicht allen Verstorbenen Beifall? Ein kräftiger, langer Applaus, wenn sich der Vorhang schließt, wenn sie die Steinplatte über die Urne schieben? So viele Blumen für einen Verstorbenen, warum? Wie viel Freude könnte zu Lebzeiten jede zarte Blüte schenken? Aber nichts. Stattdessen jetzt ein Meer von Kerzen und Kränzen und Chrysanthemen. Ich gehöre zu denen, die nicht begreifen, warum man ausschließlich für Kinder weiße Trauerbänder anfertigt. Für Erwachsene gehört sich das nicht, sagt die Blumenverkäuferin, und ich starre sie an, als sie hinter ihrer Theke wiederholt, dass die weißen Bänder mit dem goldenen Rand für Kinder bestimmt sind. Nein, er war kein Kind. Er war eine erwachsene Person, ein verantwortungsbewusster Berufstätiger, genau, fleißig, gewissenhaft, zuverlässig. Vater, Freund, Kollege, Ehemann. Immer um sechs auf den Beinen! Socken an, Aktentasche unter den Arm und ab zur Arbeit. Er war kein Kind. Er war keine Waise. Oder vielleicht doch? Ich weiß es nicht. Verantwortungsbewusst. Was bedeutet das, er war verantwortungsbewusst? Gegenüber wem, was? *Was sollen wir also auf das Band schreiben?*, höre ich wieder die Stimme der Floristin. *Es wird doch blau sein, dieses Band, also blau, nicht wahr, eine kluge Entscheidung. Er war erwachsen.* Ich weiß nicht, ob er klug war. Ich habe ihn nicht gefragt. Ich wusste es nicht. Ich kannte ihn nicht, wenn ich ehrlich bin. Wir sprechen über das Band, korrigiert mich die Verkäuferin. *Komm zurück an die Theke,* sage ich zu mir. *Komm zurück. Reiß dich zusammen.* Die Gedanken schweben über dem Sommer, Möwen über dem Friedhof. Wie soll ich mir das verzeihen, dass ich das nicht weiß? *Soll es für den lieben Vater, Vati, Papa, Papi sein?* Sie hebt den Bleistift in die Höhe, hält inne, Schweigen, als hättest du den Film angehalten, auf Pause gedrückt, weil du für einen Schluck Wasser ins Bad eilen musst, um nicht an dem immer dickeren Kloß in deinem Hals zu ersticken, weil du nicht mehr denken kannst, weil du nichts mehr begreifst. Dann eilst du zurück an deinen Platz, drückst auf *Play.* Und siehe da, sie ist noch immer da, die Kranzverkäuferin. Erstarrt in der Bewegung, sie achtet auch nicht auf die verschmierte Mascara unter deinen Augen, der Bleistift hängt über dem dicken Buch der Verstorbenen in der Luft, und an diesem Tag stehen etliche in der Reihe, die auf den letzten Abschied warten. *Macht es kurz, ihr Trauernden, singt schon eure Trauerlieder in Wut und Schmerz, andere sind bereits auf dem Weg, bewegen sich auf dem aufgeheizten Beton hinauf, lasst sie vorbei, geht weg mit eurer Trauer. Ihre Trauer ist frischer als die eure, also hat sie Vorrang, macht Platz. Die euch zugemessene Zeit des Beweinens ist abgelaufen. Ihr habt nur für zwei Stunden bezahlt.* Und eine Trompete jault, und *auf grünen Auen weiden* und *frisches Wasser,* und alle wiederholen wir dieselben Gesten: Halt mich, lass mich nicht los, ich werde fallen, ich trockne meine Tränen. Ich habe eine Brille, eine neue, große, sie reicht bis zu den Wangen. Niemand sieht. Sie schauen, lauern, aber sie sehen nicht. Und dann die Entscheidung. Man muss eine Auswahl treffen, seine Wünsche erfüllen. Hätte er sich Margeriten, Calla, weiße Rosen gewünscht? Mochte mein Vater Blumen? Ich weiß es doch nicht. Ja, es soll in Herzform sein. *Ja, machen Sie Ikebana in Form eines Herzens,* hauchst du. Sein Herz hat versagt, also soll es ein Herz sein. Idiotisch. Bei allen versagt das Herz, wenn sie sterben. Doch dir erscheint es wie etwas Außerordentliches, eine Schicksalsfügung, und die Floristin hätte begriffen, dass es dieses Mal anders war. Das Herz hat versagt. Nur bei ihm, einzig und allein bei ihm. Sein Herz. *Wie mitfühlend von Ihnen*, sagst du zu ihr. Biiieeeep, ein langes Biiiieeeep. *Hört er mich? Hört er mich noch? Er hört sie*, sagt der Krankenpfleger. *Mittel, klein, groß*, fragt die Floristin. Eine schmerzhafte Idee, aber nicht weniger wirklich als alles Übrige, durchfährt es dich, während sie auf deine Antwort wartet. Du denkst, ob sich diese Frau wohl der Liebe hingibt, ja, das schießt dir durch den Kopf. Ob sie jemanden liebt, wenn sie nach Hause kommt? Wenn sie das Buch der Verstorbenen zuklappt, schlüpft sie dann in die Rolle der Liebenden? Das Herz, was für ein Herz hat sie? Ein großes, ein kleines, ein mittleres?

5.

Ich sitze in meinem Arbeitszimmer, die Sonne geht unter. Es ist mitten im August. Ich habe ein Blatt Papier über dem Spiegel befestigt. Genauer gesagt, einen selbst gefertigten und gedruckten *Scheck*, darauf ein Foto, wie wir beide in Mutters Küche sitzen, auf dem Tisch Ananassaft. Er stützt das Kinn auf die rechte Hand. Ich trage einen ausgeleierten Trainingsanzug und drehe mich zu ihm, hinter uns die strahlende Sonne. Ein Hintergrund, von dem jeder Filmregisseur nur träumen kann, den ein erfahrener Fotograf aber des *Gegenlichts* wegen vermiede. Er und sie, ein Jahr vor seinem Verschwinden, die Vorahnung des Lichts, das die Szene ausleuchten wird. Er legt seine Linke auf den Solarplexus, wie um zu sagen: Ich kann nicht, ich will nicht, mach schon, schnell. Ich werde mich zur Wehr setzen, wenn es schmerzt. Ich habe keine Zeit. Eben. Zeit hatte er nie, und deshalb haben wir uns bemüht, schneller zu sprechen, knapp und bündig, vor allem aber unterhaltsam. Bitte nichts Nerviges, ich will nicht über Gefühle sprechen, nein, sonst gehe ich. Ich gehe wieder. Eine stille Drohung. Er ist die Hauptfigur auf dem Foto, darüber besteht kein Zweifel, und ich wirke wie eine, die sich in die Szene hineingedrängt hat aus dem Nichts, die ihre Anwesenheit erzwungen hat, von rechts zum Mittelpunkt hin. In der Bühnensprache bedeutet das: Die Heldin kehrt aus der Vergangenheit in die Gegenwart zurück, die Rückkehr aus dem Exil, die endgültige Abrechnung, wie auch immer. In meinen Augen eine Sorge: Wird mir das Bild gelingen? Werde ich glaubhaft rüberkommen? (*Vor allem aber: Werde ich mein Ziel erreichen, denn schon damals habe ich darüber nachgedacht, geplant, wie ich dieses Foto verwenden würde.*) Und das Foto auf den Scheck gedruckt. Einen Scheck über fünf Millionen Euro als Tauschwert für väterlichen Segen und Liebe. Und wie er die Augen aufgerissen hat, als ich ihm den ein paar Monate später unter die Nase gehalten habe. Ich habe ihm einen Buntstift mit violetter Mine in die Hand gedrückt, ich liebe diese Farbe, und habe ihn praktisch gezwungen zu unterschreiben. *Gezwungen, wie traurig.* Ein Zucken in seinen mageren Schultern, ein kurzer Seufzer. Was verbirgt sich hinter dieser Unterschrift? *Komm schon, gib mir deinen Segen. Unglaublich, dass du nicht begreifst,* ich sehe ihn an, mein Atem geht schnell. Ich würde mich gern wie ein Hund neben ihn legen und meine Schnauze unter seine Hand schieben. *Komm schon!* Ungelenk kritzelt er etwas hin, was sein Name sein könnte. In der Art von »Gelesen, zur Kenntnis genommen, bestätigt«. Und zugleich ein Trotzen. Dann verging ein halbes Jahr, bis er zu mir kam und ein Foto von einem Kamin brachte. Da hatte ich den Eindruck, dass er im Stillen begriffen hatte, was ich brauche. Darum hat er sich auch die Mühe gemacht und ist zu einem offiziellen Besuch in meine neue Wohnung gekommen. Aber eine Wohnung wird erst zu einem Zuhause, wenn man dort ein Feuer macht. So sagt man zumindest. Bei mir ist schon eine Kerze zu viel des Guten. Aber einen richtigen Feuersegen hat es nie gegeben. Die Aufnahme mit dem brennenden Kamin hat er gemacht, als ich sieben Jahre alt war. Feuerstelle und Feuer, wie ein Ritual, ein Testament, das symbolische Entzünden einer Flamme, eines Freudenfeuers. Männliche Energie, die er eigenhändig in Gold gerahmt hat. Das Feuer zu entzünden, sollte Aufgabe des Vaters sein. *Ignis. Ignis. Heiliges Feuer.* Und Gold, das einrahmt. Welch eine Ironie: Mein Vater war Amateurfotograf, aber Ordnung in seine Werke zu bringen, dazu war er einfach nicht imstande. Die Aufnahmen waren im ganzen Haus verstreut: Diapositive, Schwarz-Weiß Fotos, Super-8-Filme. Nie fand er etwas. Selbst Großmutters Urne hätte er im Kofferraum des Autos vergessen, wenn meine Mutter ihn nicht daran erinnert hätte. Deshalb war ich verwundert. Mein Vater hat das Foto von der Feuerstelle sogar eingerahmt, bevor er es mir schenkte. Was auch immer er in Angriff nahm, er tat es mit Leidenschaft, aber nie brachte er etwas zu Ende. Nie ging er den Dingen auf den Grund. Wie ein Kind, das schnell seines

Spielzeugs überdrüssig wird und ein neues will. So begannen sich die Schrankbretter unter der Last von allem möglichen Material zu biegen. Mein Vater, der Fotograf: mindestens zwanzig verschiedene Apparate, Kameras, Geräte für die Filmmontage, Blitzgeräte, Akkuladegeräte, Stative, Filter. Mein Vater, der Angler: Ruten, Rucksäcke, Angelhaken, wasserdichte Anglerhosen, hohe Gummistiefel. Mein Vater, der Sportschütze: Sportpistolen, Armbrüste, Bogen, Munition, Zielscheiben. Mein Vater, der Vater: Sohn, Tochter. (*War er auch unserer überdrüssig geworden und hatte uns ausgetauscht?*) Mein Vater, der Liebhaber: eine bebrillte Unbekannte aus dem Kurbad, die ihm Wollpullunder schenkt; die Ex-Frau eines Ex-Alkoholikers; die Sekretärin seines besten Freundes. Mein Vater, der Politiker, der Heilige, der Vorsitzende des Kulturvereins, der Gewerkschafter, der Kommunist, mein Vater, der Ehemann, mein Vater, der Schauspieler, mein Vater, der stumme Musiker, Hamlet aus Mrduša Donja, wie aus dem Theaterstück, der als Einziger unerschrocken alles Unrecht aufklärt. Väterchen Frost, mein Vater, der Rezitator, mein Vater, der Zahnarzt, mein Vater, der Kieferchirurg, mein Vater, der Tenor, mein Vater, der Privatmensch, mein Vater, der Unternehmer, mein Vater, der Armbanduhren- und Autosammler, mein Vater, der Soldat der Territorialverteidigung, mein Vater, der Sanitätsberater, mein Vater, das Waisenkind, mein Vater ohne Vater, mein Vater, mein Vater, mein Vater. Einen Vater haben, der den Raum bestimmt, in dem man sich aufwärmen kann, einen Vater, der einem den Weg weist, der genaue Grenzen und Schranken festlegt, einen Vater, der einem das Schwimmen, Radfahren, Gehen, Atmen, Lieben beibringt, einen Vater, der ein Kind in eine sichere Welt trägt, *in eine sichere*, sage ich, aber ich meine dieses genagelte, gepanzerte innere Gefühl von Sicherheit, das du verspürst, wenn du weißt, dass irgendwo dort, da hinten, doch ein Zuhause ist. Und zu Hause brennt ein Feuer, immer, und um dieses Feuer versammeln wir uns am *Abend unserer Enttäuschungen* und haben die Augen auf den weisen alten Mann gerichtet, der Geschichten erzählt. Geschichten, erschütternde Geschichten, zu denen wir immer zurückkehren können. Aber Geschichten hat mein Vater mir nie erzählt. Wie mir das gefehlt hat. Nur eine hat er erzählt, immer dieselbe, sein ganzes Leben lang. Und er hat sie nicht einmal laut vorgetragen. Geflüstert hat er sie. Gezeichnet, geschrieben mit unsichtbarer Tinte. Mit seiner Anwesenheit hat er sie erzählt, die dann eine nebulöse Abwesenheit war. Eine höchst unglaubliche und verblüffende Geschichte, wie nur er sie erzählen konnte. Exklusiv. Einmalig. Eine Geschichte, die ich nie verstanden habe. Sie war für mein kleines Kindergehirn nicht zu begreifen. Wie konnte das nur sein? Es war kein Märchen, das seinen phantasievollen Stoff auf verständliche Weise webt. *Sie und er. Sie eine Waise, er ein Prinz. Ein goldenes Schühchen in der Hand, der Kürbis entzaubert sich, Mitternacht, dingdong macht es im nahen Glockenturm, ruckedigu, ruckedigu, Blut ist im Schuh, das bist du, ich bin ich, und sie lebten glücklich bis ans Ende ihrer Tage.* Als Kind habe ich mich immer gefragt, warum ein Märchen an der Stelle endet, an der ich erst anfangen würde. Mich hat immer dieses *Dann* interessiert. Und was war dann? *Was war dann, Papa? Nichts. Rein gar nichts; jetzt gehen wir auf den Plešivec, den Tanz-Berg zum Tanzen. Wo ist dieser Plešivec? Das ist irgendwo, wo es ganz schön ist,* und er nimmt mich huckepack auf seine Schultern, *oooh, Papa, wie sind wir groß! Wir werden nicht durch die Tür passen,* und schon liege ich auf dem Bett und frage ihn noch immer, *und was dann, Papa, was geschieht dann, wenn wir auf dem Plešivec tanzen?* Er hat mich so selten zum Tanzen auf den Plešivec mitgenommen. Aber ich habe immer auf diesem *Dann* beharrt, auf dem *und sie lebten glücklich bis ans Ende ihrer Tage.* Wenn ich ehrlich bin, hat mein Vater auf gewisse Weise meine Neugier und meine jugendlichen literarischen Vorlieben befriedigt. Seine Geschichte war nicht linear, oder vielleicht bilde ich mir das auch nur ein. Ich weiß es nicht. Sie war sehr verworren, kompliziert, obskur, unstrukturiert. Sie hätte in keine lineare Dramaturgie, in keine Genreschublade gepasst. Hat sie einen Anfang? Den hat sie. Aber dann verwässert sie, fließt dahin, hält wieder an, und wenn du denkst, das Handlungsgeflecht kommt zum Tragen und löst sich endlich auf, stellst du fest, dass sie stillsteht, dass sie sich in einer Stasis ohne Handlungen befindet. Manchmal setzte sie sogar auf dem Höhepunkt aus und lag da wie ein trüber Tümpel, und lange Zeit geschah nichts. (*Ja, daher meine Meisterschaft im Erkennen starrer Atmosphären.*) Und auch dann, wenn ich mir als Kind gerade ein Bild gemacht hatte, ein Portrait meines Vaters, weil er gerade zur richtigen Zeit angehalten hatte und ich mir die wichtigsten Züge meines Helden im Detail ausmalen konnte, ja mir naiverweise sogar vorstellte, dass ich diesmal wirklich verstand, dass ich *ihn* diesmal wirklich verstand, dann schlug mein Vater meisterhaft einen Haken, überraschte mich, der Regisseur, der Dramaturg, der Hofnarr. Und es folgte noch ein Haken und noch einer, immer gab es noch eine Wendung, und ich war erneut verwirrt. Ein kühner akrobatischer Sprung, der in keiner literarischen Enzyklopädie zu finden ist und folglich nur den ausgekochten Füchsen der Literatur vorbehalten ist. Ich erinnere mich an meinen Freudenrausch in ganz jungen Jahren. Ich sitze in der Küche. An unserem wackligen Kirschholztisch. Mama spült ab. Ich sitze und warte. Er ist nicht da. Ich weiß nicht, wo er ist. Er war so selten zu Hause. Nur Mama, Licht, Frühling, Geschirr. Über dem Spülbecken die Schachtel mit dem Geschirrspülpulver. Meine Generation wird es noch kennen, das gute alte *Taš*. Ich sitze und schaue. Ich starre auf die quadratische Schachtel. Darauf ist eine fröhliche blonde Frau mit schneeweißer Schürze abgebildet, die eine Schachtel Taš in der Hand hält, und auf der ist eine kleinere Frau mit einer kleineren Schachtel Taš abgebildet, und auf der eine noch kleinere Frau mit einer noch kleineren Schachtel Taš und so weiter bis zum Gehtnichtmehr. Ich starre auf das Bild, das sich ins Unendliche vervielfältigt, ich will bis ans Ende gelangen, dorthin, wo das Bild aufhört, sich zu wiederholen, aber ich kann nicht. Es gibt kein Ende. Das macht mich wütend, es nervt mich, und weckt in mir zugleich den unendlichen Genuss, in etwas zu fallen, das ich nicht *vollständig erfassen* kann. Wo ist dieser Jemand, der mich am Ende erwartet, der mich in diesem endlosen Übergehen vom einen auf das Nächste beruhigt? Wo ist der Vater, der mir den genauen Punkt zeigt, an dem ich beginnen, enden, ruhig werden könnte? Er ist nicht da. *Taš-Pulver.* Noch heute spüle ich gern Geschirr, tauche die Hände tief in den Schaum und schwimme davon. Das ist meine kleine Hausfrauenmeditation. Und müsste ich ein reguläres Mantra aufsagen oder etwas in der Art, täte ich das zweifelsohne unter der Anleitung des *Gurus Taš*. Taš. Das, französisch geschrieben, *tâche, Aufgabe* bedeutet. Was ist denn meine Aufgabe? Was ist meine *wahre Rolle*? Wozu bin ich da? *Tâche* bedeutet auch *Fleck*. Welcher Fleck hat mich gezeichnet? Gibt es ein Waschpulver, mit dem er sich auswaschen ließe? Wenn mein Vater so viele Dinge auf einmal tun konnte, ohne auch nur eines zu Ende zu bringen, wie soll ich dann wissen, wie man innehält, Ruhe findet, sich verwirklicht? *Sich verwirklichen.* Dieses Gefühl der *Unklarheit des Endes* tauchte noch einmal auf. Im Grunde ist das die schönste Erinnerung an meine Kindheit: Wir sitzen alle vier an dem wackligen Kirschholztisch in der Küche. (*Der Tisch war wirklich klein, aber das wird mir erst jetzt bewusst. Wir waren nämlich gerade in die neue Wohnung umgezogen und hatten kein Geld für neue Möbel. Wir saßen an einem runden Gartentisch. Wahrscheinlich hatte ihn uns jemand geschenkt, um die erste Zeit im neuen Heim zu überbrücken.*) Draußen wütet ein Unwetter. Ein furchtbares Unwetter. Es donnert. Es ist Abend. Der Strom ist ausgefallen. Zweifellos eine dramatisch aufgeladene Atmosphäre, wie im Film. Und wir sind alle zu Hause. Solche Gelegenheiten gab es wirklich selten, ich kann sie wahrscheinlich an einer Hand abzählen. Wir sitzen da beim Licht einer Kerze, mein Vater hat sie angezündet. Welch symbolischer Akt, eine kleine Flamme mitten auf dem Tisch. *Eine kleine Flamme mitten auf der glühenden Granitgrabplatte mit deinem Namen.* Und ich erinnere mich, dass mein Kinn kaum an den Rand der erleuchteten Tischplatte heranreicht. Zu meiner Linken mein Bruder, mir gegenüber meine Mutter, zu meiner Rechten mein Vater. Um ehrlich zu sein, erinnere ich mich nur an ihn. Seine Hände. Ich habe das Gefühl, neben einem König zu sitzen. Und das war er ohne Zweifel für mich, für das Mädchen, das in seinem Vater den ersten Mann erkennt und durch ihn alle Männer. Ich sitze da. Ich fühle mich bedeutsam. Ich spüre die Bedeutung des Augenblicks, eine gewisse Feierlichkeit zieht in mich ein. Ich weiß nicht, was ich anhabe. Vielleicht ein Nachthemd. Ja, gewiss ein Nachthemd, aber ich habe das Gefühl, ein prächtiges Prinzessinnenkleid zu tragen. So wichtig bin ich. Und schön. Verankert. Ruhig. Und dann frage ich ihn, woher wir kommen. Vielleicht war die Frage nicht klar und philosophisch genug, ein Kind ist nicht imstande, solche Fragen zu formulieren. Aber ich weiß, dass mein Vater zu erklären beginnt, dass das Weltall unendlich ist. Dass die Erde nur ein unbedeutendes Kügelchen ist, das sich um die Sonne dreht, und dann kommt das Sonnensystem, viele Galaxien, unbekannte Weiten, ein unendlicher Raum. Ich verspüre zunehmende Unruhe. Trotz. Widerstand. Nein, irgendwo muss alles ein Ende haben, darauf bestehe ich. Ich breite meine Ärmchen aus und als Beweis, *schau, Papa, auch meine Arme haben ein Ende*, also muss alles ein Ende haben, wenn es einen Anfang hat. Mein Vater lacht. Er ist so sanft in seinem Versuch, mich davon zu überzeugen, dass es kein Ende gibt. *So sanft in seinem Versuch, mich davon zu überzeugen, dass es kein Ende gibt.* Er sieht mich liebevoll an. Und lächelt. Dann ist er in mein Zuhause gekommen, der Erzähler der endlosen Geschichte, in das Zuhause der erwachsenen Frau. Es war Juni, und ich briet Lachs im Ofen für ihn. Wir wollen uns doch gesund ernähren, sagte ich zu ihm. Er schwieg.

Ja, dieses Besessensein von einer Geschichte, die mich im Grunde nie interessiert hat. Weil jede Geschichte nämlich, wenn sie *wirklich* eine Geschichte ist, ein Ende in sich birgt. Ich verabscheue Irrtümer. Ich ertrage keine Irrtümer mehr. Ich hasse das Ende.

So früh hast du in mir das Weltall ausgehöhlt, der Unendlichkeit Raum geschaffen. Und dann bist du fortgegangen, hast schließlich deine Unfassbarkeit beendet. Wie konntest du mich anlügen? *Warum hast du dann gesagt, es gäbe kein Ende? Und dass wir auf dem Plešivec tanzen würden? Und jetzt, da es Zeit ist, schlafen zu gehen, jetzt, da die Fernsehwerbung mit den Häschen-Cartoons schon vorbei ist, bin ich immer noch wach. Und du schläfst schon einen ganzen Monat. Wie konntest du mich so verraten?*

Er ist so sanft in seinem Versuch, mich davon zu überzeugen, dass es kein Ende gibt. Wie brutal. Schamlos und brutal.

6.

Es ist spät. Ich sitze den ganzen Tag am Computer und starre auf eine leere Seite. Und jetzt ist es Nacht. Ich kann nichts schreiben. Es ist alles zu viel. Hinter meiner Stirn ein einziges Gewimmel. Ich habe das Gefühl zu lügen. Was ich auch schreibe, es ist eine Lüge. Ich halte ein Kaleidoskop in der Hand. Ich drehe es, zum Licht gewandt. Fische, violette und blaue, gestreifte, schwarz-weiße, türkisfarbene Fische, die sich in einem rosaroten Dreieck küssen, Fische, die Blumen sind, die ein Strauch sind, der ein knisternd brennendes Streichholz ist, das die Erinnerungen entzündet. Ein Kern aus verdichteten Algen, ein blaues Auge, das mich anstarrt und gleich darauf verschwindet, ich kann es nicht zurückholen. Das blaue Auge meines Vaters. Ein Brautstrauß, vielleicht, Frühlingsblumen und endlose Stunden, und ich barfuß vor dem Hochhaus, ich bin vielleicht zwei oder drei Jahre alt und drehe das Kaleidoskop. Ich wende es der Sonne zu. Das Kaleidoskop. Mein Vater bastelt im Zimmer einen Drachen, einen Papierdrachen, den ich zusammen mit meinem Bruder im Tal zwischen den Heuhaufen steigen lassen werde. Ich sehe ihn, meinen Bruder, sehe wie glücklich er ist. Rotwangig. Er liest die Zeitschrift für Alleswisser, *Vseved*, langsam, Seite für Seite. Gewissenhaft, gründlich. Auf dem Kopf eine lederne Pilotenmütze. Klar doch, denn er wird der Pilot des Drachen sein, also braucht er auch diese Mütze. Und ein Ledermäntelchen. Meinen Bruder sehe ich so selten. Und nur selten habe ich das Gefühl, dass er glücklich ist. Er rennt los auf den Pfaden inmitten der Heuhaufen, er rennt, die Beine hoch in der Luft, keucht, ich sehe sein Zahnlückenlächeln, die sommersprossigen Wangen werden breit und fallen, beben, zucken, zucken wie meine Hände, die mir an den Seiten herunterhängen, als er sagt, ja, als er sagt: *Kommen Sie mit mir hinaus. Es tut uns leid, Ihr Vater verabschiedet sich, da ist nichts mehr zu machen. Er liegt in Zimmer sechzehn. Vielleicht schafft er es diesmal noch, aber die nächste Krise wird fatal für ihn sein.* Wie ein Gotteshaus, eine Bruchstelle, ein brennendes Haus, ein Turm, der einstürzt. Ich denke an eine Tarotkarte, das große Arkana, Nummer sechzehn. Meinen Sie das, Herr Doktor? Die Schicksalskarte Nummer sechzehn? Sprechen Sie vom Schicksal, Doktor? Ich dachte, die Wissenschaft steht auf Kriegsfuß mit der Wahrsagerei. Aber ich schweige. *Sein Blut wird dicker, er hat Wasser in der Lunge, die Nieren haben versagt, und vor allem hat Ihr Vater eine Lungenentzündung, und kein Antibiotikum wird anschlagen.* Er ist ruhig, die Gesichtszüge sind entspannt, als er das sagt. Der diensthabende Arzt. Schön ist er in seinem weißen Kittel, denke ich. Schön und jung. Frisch rasiert. Auf der rechten Wange eine Narbe. Der Geruch von Rasierwasser. Er hat sich herausgeputzt für den Tod meines Vaters und sich in der Eile geschnitten. Wie ein Verehrer in Weiß ist er ans Grab gekommen und hat sich zwischen uns gestellt. Als wollte er ihn ersetzen. Und er sieht mich an, ist gelassen, und ich weine. Er ist schön und ruhig. Kühl ist er. Kühl und schön. Ich zucke zusammen. Mein Vater hat beinahe sein ganzes Leben in Weiß verbracht. Im weißen Zahnarztkittel. Wenn er nach Hause kam, roch die Wohnung immer nach Desinfektionsmittel. *Desinfizieren Sie sich die Hände, bevor Sie hineingehen,* beharrt die Krankenschwester zum dritten Mal, und du weißt nicht, wovor du dich mehr fürchtest: vor der Konfrontation mit dem glasigen Blick des Sterbenden, mit seiner Ohnmacht, seiner Zerbrechlichkeit, seinem Röcheln oder vor einer eventuellen Infektion. Vielleicht vor der Erinnerung an den Geruch, den Geruch des Vaters. An den Geruch der Erwartung, der Kindheit, wenn er nach Hause kam. *Er ist nach Hause gekommen, jetzt, da er für immer geht.* Jedes Mal, wenn er nach Hause kam, war er von Desinfektionsmittel umgeben. Es roch sauber. Sicher. Einwandfrei. Doch all das stand im Widerspruch zu seiner Unzugänglichkeit, seiner Rätselhaftigkeit, seinem Schweigen. Er war eine Zeitbombe, eine Bazillenbombe, die drohte zu explodieren und alle zu vernichten. In Momenten der Trunkenheit hervorzubrechen. Unkontrolliert, begünstigt vom Alkohol, der auch desinfiziert. Vor allem aber brennt, ätzt. Womit hat mein Vater sich zerstört? Warum war er nicht in der Lage, die Bazillen, die ihn von innen her zerfraßen, ihm den Garaus machten, rechtzeitig zu vernichten? Wie oft werde ich dieses Kaleidoskop noch drehen müssen, die unwiederbringlichen Bilder, wie oft noch den Film abspulen, um sicherzugehen, dass ich auch nicht die geringste Kleinigkeit vergessen habe, kein Indiz, das etwas besagen, etwas offenbaren würde? Offenbaren, was nur? Dass sich der Arzt geirrt hat? Dass er mich anlügt? Dass mein Vater noch lebt? Dass er Blindekuh spielt? Dass die beiden sich abgesprochen haben und mir einen Streich spielen? Beide sind Ärzte, sie sind vom selben Fach. Sie hätten sich still und heimlich in der Praxis absprechen können. Warum nicht? Mein Vater war unter anderem auch Laiendarsteller. Er hatte es sich so sehr gewünscht, Schauspieler zu werden. Vielleicht will er mich mit seinem Verschwinden erschrecken und erpressen? Mich auf die Probe stellen, ob ich stark genug bin, zerbrechlich genug, genug bin. Bin ich *genug*? Bin ich für ihn überhaupt jemals *genug* gewesen? Hat er mich gehört, als ich ihn gebeten habe, die Hände zu bewegen? Er ist nackt bis zur Taille, er röchelt. Er schaut irgendwohin, wo ich noch keinen Zutritt habe. Nur ein dünner weißer Vorhang trennt ihn von dem grauhaarigen Herrn im Nachbarbett, der seine Hausschuhe sucht. *Ich habe sie verlegt.*

Könnten Sie sie bitte für mich suchen? Und du suchst die Hausschuhe eines Unbekannten, während dein Vater einen Weg ins Jenseits sucht – jetzt kann ich es ohne Umschweife und ohne Schuldgefühl sagen –, während dein Vater stirbt. Aber in diesem Moment möchtest du das nicht wissen, und es erscheint dir richtig, dass wir uns bis zum Ende verstellen, ein Spiel spielen, wer wird wen überzeugen. Ich dich, dass du unsterblich bist, du mich, dass du dieses Mal dein Versprechen nicht brechen und tatsächlich sterben wirst. Doch jetzt sind die Hausschuhe wichtig. Der Übergang zum ewigen Leben und die Hausschuhe. Er, der Bettnachbar in Zimmer sechzehn, darf nicht barfuß auf dem kalten Linoleum laufen, denn auch er hat eine Lungenentzündung durchgemacht. Aber er ist davongekommen. Dann bewegt er die Hände, nach einigen Minuten zieht er sie ein paar Mal über den Oberkörper und legt sie wieder zurück an die Seiten. Mein Vater, er hat mich gehört, sage ich mir und trete zu ihm, wische ihm den kalten Schweiß von der Stirn. Wann habe ich meinen Vater berührt? Habe ich ihn überhaupt je einmal berührt? Am Tag zuvor hat er mir die Hand gegeben, meine Hand gedrückt, aber sein Blick war vernebelt, verloren, in weiter Ferne. Das blaue Auge des Kaleidoskops von einer gelblichen Membran verschleiert. Ein Auge, ein unumkehrbares Auge. Warum höre ich nicht auf, mir diesen Moment wieder und wieder in Erinnerung zu rufen? Hat mein Vater mich jemals umarmt, richtig umarmt? Wusste mein Vater überhaupt, wie man umarmt? Ich betrachte seine Hände, seine schönen Hände. Lange Finger, schön geformte Finger, die Fregatten gebaut haben, Segelboote, Finger, die unzählige Male den Auslöser des Fotoapparats bedient haben, Finger, die nur gedeutet haben, niemals ausreichend Gewissheit vermittelt haben. Finger, die in fremden Mündern, in fremden Zähnen gewühlt haben. Kühl und schön. Hände. Heilende Hände. Sie hätten noch so viel zu geben, aber sie müssen sterben. Warum bloß? Das ist unfair. Ungerecht. Er sollte sie verschenken können. Er sollte ein Testament für seine Hände schreiben können, sodass sie weiterhin liebkosen können. Hat mich mein Vater je umarmt? Haben seine Hände mich je gestreichelt? Ich erinnere mich nicht. Vermutlich nicht. Ich lege eine Hand auf sein Herz, sein immer schwächer schlagendes Herz, und flüstere ihm zu, er soll unbesorgt sein, er soll sich beruhigen, alles ist in Ordnung. *Auf, der Herr, Sie müssen essen, essen Sie Ihr Brot und trinken Sie die Milch. Hallo, wird's bald, na los, trinken Sie!* Er sitzt am Tisch, sein Zimmergenosse, Vaters Mitbewohner, und bewegt sich wie in Zeitlupe. Die Krankenschwester überwacht ihn. Sie ist streng, wahrscheinlich hat der Mann keinen Appetit. Sie hebt die Stimme, tadelnd. Warum macht sie einen solchen Aufruhr? Sie hat eine schrille Stimme. Sie ist so fehl am Platz. Sieht sie denn nicht, was sich auf der linken Seite des Zimmers abspielt? Wenn ich das jetzt filmen würde, würde ich für den Soundtrack vermutlich eine dramatische Musik wählen. Aber jetzt gibt es keine Filmmusik. Nur die krude Realität des Alltags. *Essen Sie. Hören Sie mich? Hallo, hallo, hopp, hopp!* Eine vulgäre, schrille Fistelstimme. Langsam, ganz langsam, ins Leere glotzend verspeist der Mann das Sandwich mit Geflügelsalami, auf dem Tisch ein Tetrapak Milch. Nur ein Vorhang trennt sie. Ein Vorhang zwischen Leben und Tod. Ein dünnes Stück Stoff. Auch er hat blaue Augen, wie mein Vater. Er saugt Milch durch den Strohhalm. Vollmilch. Drei Komma sechs Prozent, der Fingersensor zeigt einhundertzwanzig Herzschlag, achtzig für die Sauerstoffsättigung, der Pegel sinkt. Er saugt geräuschvoll. Zieht. Schlürfend. Lauter, immer lauter, lauter als Vaters Röcheln. Also ist das Leben doch lauter als der Tod? Jetzt schicken sie mich aus dem Zimmer, weil der Mann sich umziehen muss. Und mein Vater bleibt allein zurück. Ist allein. Und der andere braucht lange, um sich umzuziehen. Er ist kraftlos, die Lungenentzündung hat ihn geschwächt. Ist er kraftlos, schwach, schwächlich oder nur ein Schwächling? Ob mein Vater mich vermisst? Hat er mich in diesen wenigen Minuten vermisst? Hat er mich überhaupt jemals vermisst? Hat er jemals den dringlichen Wunsch verspürt, mich zu treffen, mich zu sehen? Hat auch ihn der Gedanke verfolgt, er könnte diese Welt verlassen, ohne mich wirklich kennengelernt zu haben? Und wenn dem so ist, warum hat er dann keine Abhilfe geschaffen? Kühl und schön. Kühl und schön. Im weißen Kittel. Ein Arzt für die Zähne. Ein Arzt für die erste Station des Verdauungstrakts. Ein Arzt für Münder und Lächeln. Warum hat er so selten gelacht? In der Grabrede hieß es, er habe häufig gelacht. Ja, in der Öffentlichkeit hat er sich immer ausgeschüttet vor Lachen. Witze gerissen. Was für ein Partyhengst. Was für ein Irrer. Ein verrückter Spaßvogel. Mein Vater war der Gott des geistreichen Witzes und des Gelächters. Der Gott des Feierns und des Gewäschs. Mein Vater war ein Gott. Alles Übrige hat er für uns aufgehoben, hinter den Kulissen. Stille und Düsterkeit. Ich kann nichts zu Papier bringen. Es ist alles zu viel. Hinter meiner Stirn ein einziges Gewimmel. Ich habe das Gefühl, zu lügen. Was ich auch schreibe, es ist eine Lüge. Was hat er damals gedacht? Was waren seine Gedanken? Nahm sein Gehirn die Vorgänge im Raum wahr, wusste er, dass ich bei ihm war, war ihm bewusst, dass er dahinschied? Mit wem wollte er sprechen? Mit Dämonen, mit Engeln? Auf wen richtete er seinen Blick, wem eilte er entgegen? War er im Begriff, sich selbst zu begegnen, anhand der Millionen Bilder eines erfüllten Lebens? *Ich beeile mich, ihm zu sagen, was Mama alles gebacken hat. Strudel, Papa! Denk dir nur, Papa, Quark- und Apfelstrudel!* Als Kind konnte ich mich nicht beherrschen, ich hielt mich an keine hochheiligen Versprechen, an keine Ehrenworte. Vielleicht deshalb, weil ich mir so sehr wünschte, ihn damit zu beschenken? Ihm etwas Verbotenes zu erzählen, etwas, das ihn erheiterte, etwas, das ihn lächeln ließ, und ich mir auf diese Weise sein ewiges Wohlwollen verdiente? Etwas, was uns zu Verbündeten machte? Welcher grenzenlose Hunger treibt ein Kind an, den einen Elternteil fortwährend auf die Probe zu stellen, um zu erkennen, ob er es genug liebt? Ein Austesten der Grenzen, wie weit es gehen darf? Bis wohin? Wie weit, Vater, müsste ich gehen, damit du mich lieb hättest? So weit, dass ich mich selbst verrate? Mein gegebenes Wort bräche? Dass ich Mama und meinen Bruder betröge? Dass ich mich selbst betröge, mich verleugnete? Wirst du mich dann lieb haben? Wenn ich aufhöre, ich selbst zu sein und nur noch sage, was du gern hören würdest? Für ein Lächeln? Ich konnte kein Geheimnis für mich behalten. Wenn ich den Schlüssel im Schloss hörte, hing ich schon an seinem Hals. Habe ich *am Hals* gesagt? Ja, ich hing ihm am Hals, gleich an der Tür, im dunklen Gang hinter der Tür. Also hat er mich umarmt, also hat er es getan. Wie konnte mich die Erinnerung so täuschen? Warum habe ich mich nicht daran erinnert? Natürlich, ich bin ihm immer in die Arme gesprungen, wenn er am Freitag nach Hause kam. Woher dann diese Lüge? Dieser Fehltritt der Erinnerung? Vielleicht, weil ich ihm in die Arme gesprungen bin und nicht umgekehrt? Weil der Antrieb von meiner Seite ausging? Weil ich schon mein ganzes Leben als Erste Schwung hole? Die Kühlen und Schönen anspringe? Weil ich schon mein ganzes Leben die Initiative ergreife? Weil ich mich mein ganzes Leben zuvorkommend verleugne, damit man mich liebhat? Etappen vorwegnehme? Eine Marathonläuferin, die absichtlich ins Verderben rennt, um sich in der Selbstverleugnung zu besiegen? Eine Heldin des Entsagens? Oder ist es wieder nur eine Falle mit doppeltem Boden, ein ausgeklügeltes, geniales Programm, um auszuprobieren, wie weit ich gehen, wie weit ich die eigenen Grenzen verschieben kann? Ein intelligenter und meisterhafter Übungsplatz für das Erwachsenwerden? Eine Schmerztherapie der Erleuchtung? Eine morbide literarische Floskel? Mit einem Stück Roggenbrot, das nach Maßgabe der Waisenkinder genug ist für solche wie mich und meinen Bruder, mit einem Brotklumpen, der einem in der Kehle stecken bleibt? Dass mir das Schlucken so schwer fällt? Schon seit drei Monaten habe ich Schluckbeschwerden. Nur, wer stellt sich solche Fragen? Um diese Uhrzeit, so spät? Zu dieser Stunde schlafen normale Menschen längst. Die Geliebten und die Normalen und die in die Wiege der Träume Gelegten. Hat sich überhaupt jemand schon einmal derlei Fragen gestellt? Sind das nicht die Fragen, die man sich in der Pubertät stellt? Und wird dann erwachsen? Man sollte sie sich stellen, alle sollten sie sich einmal in ihrem Erwachsenenleben stellen. Das Kaleidoskop auf dem Tisch. *Schönsicht.* Bin ich erwachsen? Eine Tür. Ein Auslass.

7.

Mein Vater liebte meine Mutter. Das weiß ich, das habe ich gesehen. Ich *bin* ein Kind der Liebe. Hat Marjana Deržaj an jenem Sommernachmittag, als ich zur Welt kam, schon das Lied *Sommernacht* gesungen? Ich sehe die beiden, wie sie tanzen. Mein Vater küsst sie auf die Haare, mein Bruder und ich trinken *Kokta* Cola und knabbern *Bobi* Salzstangen. Mein Bruder stopft sich rosa Kaugummis in den Mund, quadratische *Bazookas*, einen nach dem anderen, und macht dann Blasen, große Blasen, und die beiden tanzen immer noch. Stehblues, ich muss direkt lachen, ja, in der Dorfkneipe tanzten sie einen Stehblues. In der Ecke stand die Jukebox und sie gaben mir mehrmals eine Münze, damit ich mir ein Lied aussuchen konnte. *Sommernacht, Tag der Liebe,* und dieses hier, *Genossinnen, lasst uns Blumen pflanzen,* ein Lied für Marschall Tito von Neda Ukraden, das ich auf meine Weise und sehr schief sang. Ich passte den kroatischen Text meinem eigenen Verständnis an. Sie nahmen mich auf Tonband auf und wälzten sich vor Lachen auf dem Boden.
Eine weitere Erinnerung. Wir sind in einer Höhle unter einem Felsüberhang an einer Bruchlinie in der

Tallandschaft um das Dorf Hrastovlje, vor uns erstreckt sich das Tal, bis zum Meer, Papa mit dem Fotoapparat und Mama, die für ihn posiert. In einem dünnen grünen Kleidchen mit Rüschen tut sie so, als hielte sie die Sonne in den Händen. Romantisch wie nur was. Mama herrscht über die Sonne. Die Sonne wird nicht im Meer versinken, weil sie sie in der Hand hält. Die ewige Sonne in Mamas Hand. Mama ist so mächtig, dass sie die Sonne aufhalten kann. Die Sonnenwucherung. Das Eingefrieren der Sonne. *Klick.* Mein Vater verehrte meine Mutter. Und die Herbstspaziergänge. Ich trage einen roten Poncho mit weißer Umrandung und Kapuze. Ich bin Rotkäppchen. Und wir klettern langsam den Berg hinauf. Alles ist rot, auch der Perückenstrauch lodert um uns herum. Trockenes Laub unter den Füßen. Es raschelt. Ich bin links von ihm. Ich reiche kaum an seine große Hand. Der Berg heißt Lačna, das bedeutet hungrig. Noch heute heißt er Lačna. Lačna? *Hungrig mit jemandem in die Berge gehen. Hindernisse überwinden. Hin und wieder stehen bleiben. Stille.* Wenn ich mit meinem Vater zusammen bin, ist er immer sehr still. Ich weiß nicht, warum. Vielleicht war das seine Art, um mich zum Sprechen zu ermuntern. Denn ich habe erst spät zu sprechen begonnen. Viel später als meine Altersgenossen.
Er ist schweigsam. Neben mir spüre ich eine massive, kugelsichere Stille. Wieso spricht er mit anderen, aber nicht mit mir? Und dann mache ich den Mund auf,

vermutlich würge ich unbeholfen etwas Kindisches, Dämliches hervor. *Schau, schau, ein Spatz.* Oder: *Das ist eine Meise, Papa, nicht wahr?* Endlich habe ich irgendetwas gesagt. Wie sehr habe ich mich doch gemüht, etwas zu sagen. So, auf Erwachsenenart. In meinem Wortschatz gab es kein *Gluck-Gluck,* kein *Heia machen,* kein *Hamm-Hamm*. Nein, von Anfang an habe ich *getrunken, geschlafen, gegessen.* Ich wollte meinem Vater sofort ebenbürtig sein. Nicht seine kleine Tochter sein. Sondern seine Schwester, Kameradin, Freundin. Mama? Erwachsen sein. Ich weiß, noch heute weiß ich, ich spüre, dass das Sprechen bei mir dem Bedürfnis entspringt, die quälende Stille zu durchbrechen. Nicht einem Siedepunkt oder dem Bedürfnis, etwas zu sagen, damit sie mich hören und verstehen, sondern um zu retten. Um anderen aus ihrem Schlamassel zu helfen. Um die Erste zu sein, die alles ausspricht, alles kundtut. Vor allem aber das Unbehagen auflöst. Gut, dann werde eben ich als Erste Tacheles reden, sagen, wo uns der Schuh drückt, wenn sich sonst keiner traut. In der Grundschule haben sie immer mich geschickt, um die Kastanien aus dem Feuer zu holen. Ich war das Paradepferd, ich war der Sündenbock. Immer begann es heldenhaft und endete dann kläglich. Immer mit einer Strafe der Klassenlehrerin, weil ich mich getraut hatte, den Mund aufzumachen. Auf die Barrikaden gestiegen war, um den Schuss mit der Brust abzufangen, um mir die Ohrfeige der Missbilligung, die Zurückweisung, das Hohngelächter einzuhandeln. Ausgelacht zu werden von der ganzen Klasse, die den Mund gehalten hatte. Weil *ich* das kann, weil *ich* dazu fähig bin. Damals fühlte ich mich wie mein Vater. Ich war kein Mädchen, ich war mein Vater. Ich war ein Mann im Körper eines Mädchens. Ich war eine geschlechtslose und beschämte Masse. Der verlängerte Arm meines Vaters. Ein Echo. Auch bei Schulaufführungen spielte ich Männer. Den feisten Direktor mit Oberlippenbart, der am Ende die Sekretärin umarmt. Wie unbeholfen ich mir vorkam. Aber ich tat so, als wäre ich dazu fähig. Fähig wozu? Ein Mann zu sein? Ein Kumpel meines Vaters zu sein? Mein Vater war ein Paradepferd. Ein naives Paradepferd mit Scheuklappen, ein Pferd, das blind den anderen zwischen die Fänge stolperte. Wie passend, er war Zahnarzt, und sie gruben ihre Zähne in ihn. Sie zerrissen ihn, diese Hyänen, und er kroch ihnen immer noch hinterher. Als wollte er der Welt beweisen, wieder und wieder, dass sie doch nicht so schlecht ist, doch nicht so verrottet opportunistisch ist. Als wollte er die Tatsache nicht akzeptieren, dass es immer auch eine dunkle Seite gibt, dass es Menschen gibt, die eben nicht anders können, als über Leichen zu gehen. Ist es möglich, dass er sie nicht sofort an ihrem faulen Atem erkannte? Bereits wenn sie den Mund aufmachten, hätte er wissen müssen, wie sie sich ernähren, was sie für Menschen sind. Aber er wusste es nicht. Offenkundig nicht. Habe ich das von meinem Vater gelernt? Betteln, endloses Betteln und Beweise erbringen müssen, den Faulzahnigen Schützenhilfe leisten, mich rechtfertigen und verkrüppelte Seelen retten? Und vor allem das ewige Vertrauen in das Gute? Hatte mein Vater je einen echten Freund? Hat er jemals einem Menschen erlaubt, ihn wirklich zu lieben? Wir waren ihm nie genug. Wir waren eine Selbstverständlichkeit. Zwei feiste Kinder, Rotznasen, derer er sich schämte? Ich erinnere mich, wie er einmal eine hübsche Kollegin aus dem Gesundheitszentrum mitbrachte. Wir standen in der Küche. Er ließ meinen Bruder und mich antreten, als sollten wir Greta Garbo leibhaftig willkommen heißen. Und auf einmal zog er uns blitzschnell aus der Küche, drängte uns ins Bad, um uns die Hände zu waschen und die Fingernägel zu schneiden. Und vor allem bläute er uns ein, den Bauch einzuziehen, weil wir dick und schmutzig waren und Greta Garbo solche Kinder nicht mochte. Er hatte also zwei Gören und ein fleißiges Weiblein. Wir waren eine Art Gegebenheit für ihn. Eine Gegebenheit, derer er überdrüssig wurde? Als sie ihn in die Kapelle schieben, noch im Sarg, mit Plastikfolie bedeckt, bevor er zur Einäscherung gebracht wird, entdecke ich, dass er zumindest einen Freund gehabt hatte. Also doch! Einen Freund, der in der Lage war, über Leichen zu gehen. Wortwörtlich über seine Leiche. Noch bevor er ganz erkaltet ist, greift dieser Freund schon nach seinem Vermögen. Wie rührend, Vater, selbst langgestreckt im Sarg versuchst du zu beweisen, dass dem nicht so ist. Doch es ist dir nicht gelungen. Entschuldige, dass ich dir das jetzt sage. Vielleicht deshalb, weil ich weiß, dass du nicht widersprechen kannst. Dein Freund hat dich verraten. Ich warte darauf, dass du aufwachst, dass du die Plastikfolie lüftest, sie von dir wirfst, Vater im grauen Anzug, im hellblauen Hemd, mit roter Krawatte, mein Vater, der Revolutionär, mein Vater, der Kämpfer, ich warte darauf, dass du die Augen wieder öffnest und erkennst. Dass du aus dem Sarg springst wie ein Cowboy und alles und jeden zur Strecke bringst, dem du zu Lebzeiten keinen Widerstand leisten konntest. Hast du eine Pistole dabei, Vater? Du weißt doch, dass Schusswaffen im Jenseits nicht erlaubt sind. Wann wirst du erkennen, Vater? Ein Vater, der schielt. Auf dem linken Auge, da schielst du, noch immer, selbst der Tod verschont dich nicht davor, Vater, du hast noch immer die Tür des rechten Auges angelehnt, öffnest das Augenlid, als wolltest du auf ewig eine Tür für die Rückkehr angelehnt lassen. Mein Vater wuchs ohne Vater auf. Der war im Zweiten Weltkrieg in Sarajevo umgebracht worden. Mein Großvater war Elektriker. Er war illegal. Einer der vielen illegalen Ausländer, wie in dem Film »Walter verteidigt Sarajevo«. Sie nannten ihn den *Schwarzen.* Er geriet kurz vor Kriegsende in Gefangenschaft, wurde gefoltert, und noch bevor die Partisanen die Stadt befreiten, erlag er seinen Verletzungen.

Sein Leichnam wurde nie gefunden. Einige Augenzeugen wussten zu berichten, man hätte versucht, ihn während der Befreiung der Stadt zu retten, man hätte ihn auf einer Trage aus dem Krankenhaus geschafft, vielleicht aus dem Gefängnis, aber einer von ihnen sei auf eine Mine getreten. Mein Vater war drei Jahre alt, als er seinen Vater verlor. Ich schaue mir ein Foto meines Großvaters an. Er steht unter einem blühenden Kirschbaum und hält meinen Vater auf dem Arm. Mein Vater, ein kleines weißes Bündel, kaum geboren. So erklärt es sich, dass mein Vater der Freundschaft mit den Großen, den Mächtigen, den Finsterlingen nicht widerstehen konnte. Der Freundschaft mit den Gewalttätigen, den Uniformträgern. Mit solchen, die ihn in die üble Gesellschaft von Waffen, nächtlichen Trinkgelagen, Betrug eingeführt haben. Mit solchen, die nur dann echte Kerle sind, wenn sie es verstehen, die Frau zu schlagen. Einmal hat er sie geschlagen. Mama. Nur ein Mal. Ich rannte im Schlafanzug zu den Nachbarn und heulte: *Papa wird Mama umbringen.* Die Nachbarn grinsten mich an. Was für eine Schande. Und danach heulte er, weil es ihm leidtat. Am nächsten Morgen setzte Mama meinen Bruder und mich an den Tisch, machte uns Frühstück und sagte, Papa habe das nicht tun wollen. Er entschuldige sich. Warum aber entschuldigt er sich nicht selber bei uns? Warum musste meine Mutter ewig seine Fürsprecherin spielen? Seine Vermittlerin. *Euer Vater hat euch lieb, auch wenn er das nicht sagt. Er ist stolz auf euch, obwohl er das nicht sagt. Er würde euch nie verraten, obgleich er das nicht sagt. (Und deshalb denke ich noch heute, dass mich Männer, die mich ablehnen, eigentlich mögen. Sie sagen es nur nicht.)*

Mama hat uns dann zum Trost noch eine Extra-Scheibe geschmiert. Roggenbrot mit Margarine. Und vielleicht war es dieses Extra, das meinen Bruder und mich immer wieder dazu brachte, ihre abendlichen Überredungsversuche zu schlucken. War mein Vater wirklich ein Spitzel? Ein politischer Spitzel? Und hat er sich zurückgezogen, uns verlassen, weil er uns schützen wollte? War er ein echter Spitzel? Wenn er es war, dann zweifellos einer, der es nicht verstand, aus seiner Verderbtheit gehörig Kapital zu schlagen. Vor wem hatte er Angst? Wem erwies er Gefälligkeiten? Warum? Kurz, der Freundschaft mit jedem, der in ihm den Sohn zu erkennen vermochte, konnte er nicht widerstehen. *Ich sehe das Gesicht eines Mannes, der sich dafür entschuldigt, dass er mich nicht liebt, weil er mich nicht zu lieben versteht, und das Gesicht verzieht, als schliche er um seine Mutter herum, die wütend ist, weil er die Milch verschüttet hat. Oder dieser trauernde, gesenkte Blick, bei dem die Augen auf die Wangen fallen, weil er sich in die Hose gemacht hat, obwohl er nur furzen wollte. Und du sprichst davon, dass die Liebe Welten bewegt. Kosmos und Furz. Irgendwie so.* So lernt man, die Weisheit und Exzellenz von jemandem auszutesten, der einen darin übertreffen würde. Aber im Wesentlichen würde er deinen Vater übertreffen, der noch immer in dir hockt. Der deine Schritte in diesem ewigen Wortgefecht lenkt. In dieser Beweisführung. In diesem unerträglichen Bedürfnis, erwachsen zu sein, wenn man noch ein Kind ist. Ich habe einen Vater gesucht, du wolltest ein Sohn sein. Was blieb mir anderes übrig, als deine Mutter zu werden? *Schau, schau, ein Spatz.* Stille. Ich überwache seine Stille. Hat er gezuckt? War ich klug genug für ihn? Bin ich klug genug? Mutig genug? Etwas Kleines und Überdrüssiges geschieht in ihm. Ich bin zwei Jahre alt, vielleicht drei. Sein Atem verrät einen Bruch, und ich ahne Trauer. Ich weiß doch nichts, und schon frage ich mich, ob er meiner überdrüssig ist. Bin ich für ihn überflüssig? Warum sagt er nichts? Und ich wiederhole die Lektion. *Das ist eine Meise, oder?* Ein Schuss ins Blaue, Strategie der Wiederholung, ich würde seine Aufmerksamkeit gern auf den Vogel lenken. Auf etwas anderes als seinen Schmerz dort drin, auf etwas, was dort draußen zwitschert, so schön zwitschert, dass er diese *tumorige* Traurigkeit vergisst. Habe ich *tumorig* gesagt? Schon wieder hat mich ein Wort überrascht, das ich nicht sagen wollte. Ich wollte rumorend sagen, geschrieben habe ich tumorig. Er hatte zwei Tumore, die in der rumorenden Trübheit wurzelten, die er in sich trug, meine Vögel konnten sie nicht vertreiben. Und wenn sie auch noch so schön, so fleißig sangen, ständig zwitscherten, hoch hinaufflogen, in Freude nisteten, konnten sie doch seine Tumore nicht vertreiben, weder den in der Speiseröhre noch später den inoperablen zwischen Lunge, Herz und Wirbelsäule. Er konnte nicht schlucken. Fühle ich mich deswegen schuldig? Weil ich seine Krankheit nicht vertreiben konnte? Er hält mich noch immer an der Hand, ich spüre noch immer seine Rechte. Wir gehen in die kühle Kirche in dem Dörfchen Hrastovlje. Wir sehen uns das berühmte Fresko mit dem Tanz an. Den Totentanz. Ein Skelett, ein Mensch, dann wieder ein Skelett, dann wieder ein Mensch. Hand in Hand. Wer von uns ist wer? Ich sehe ihn an, ich sehe zur Seite, irgendwohin nach oben, hoch zu seinem adlerhaften Profil, ich betrachte sein gewelltes Haar, damals hatte er es noch, ich betrachte sein Kinn, ich betrachte die quadratische Brille und warte darauf, dass er mir zustimmt, er ist groß, er ist erwachsen, er müsste wissen, wer von uns lebt und wer tot ist. Du bist nicht einmal mehr ein Skelett, nur noch Asche, heiße Asche, gekühlt von einem Sommergewitter über der Stadt.

8.

Mein Vater hat einen Namen. Während ich das schreibe, überfällt mich unendliche Traurigkeit. Und ich beschließe, dass er noch lebt. Ja, warum auch nicht? Mein Vater lebt noch. Das habe ich heute Morgen beschlossen. Und ich werde nicht von dieser Entscheidung abweichen. Ich habe einen Vater gesucht, du wolltest ein Sohn sein. Was blieb mir anderes übrig, als deine Mutter zu werden. Und Kinder überleben ihre Eltern immer. Ein Kind zu verlieren, wäre vermutlich zu schwer.

9.

Wieder ein Traum. Wir sitzen in einem quadratischen Raum. Alle drei in einem Zimmer. Ein durchgehender Raum. Quadratisch, regelmäßig. Rundum ist Glas. Alles ist in Glas. Wir sind in einer Art Beobachtungsturm. Hoch oben. Um uns herum nur endloser Himmel. Wolken. Von Zeit zu Zeit kommt ein Vogel geflogen und die weißen Narben der Flugzeuge, die das Blau durchschneiden. Das Zimmer ist leer. Wie ein Boxring, in gespannter Erwartung. Rundum an den durchsichtigen Wänden sind Bänke befestigt. Vermutlich für die Zuschauer. Zufällige Gäste. Vielleicht sind wir in einem Warteraum. Unterhalb von uns, auf der rechten Seite, ein antikes Theater. Griechische Säulen mit ionischen Kapitellen, eine Leinwand für die Schauspieler, alles ist bereit, damit wir erneut ins Schauspiel einsteigen. Ja, als wären wir überhaupt nur ausgestiegen, um uns für einige Zeit zu unterbrechen, uns einzufrieren, damit ... Damit was? Die Vorstellung fängt bald an. Techniker laufen herum, Beleuchter richten Scheinwerfer aus. Vielleicht stellt das Bühnenbild eine Kapelle dar, eine Hochzeitskapelle aus orangefarbenem und gelbem Stein. Die Schauspieler sind noch nicht da. Vielleicht sind sie in den Garderoben. Machen Atemübungen und korrigieren ihre Maske. Ich sitze auf der Bank an jener Seite des Quadrats, die näher sein könnte. *Näher an was?,* frage ich mich. Näher am Eingang oder am Ausgang, den es in dieser Szene nicht gibt. Ich kann die Tür nur ahnen, durch die wir gehen. Ein Traum eben. Ich sitze. Ich bin ruhig. Zu meiner Linken, auf meiner Herzensseite, sitzt mein Mann. Ich sehe ihn an. Gesenkten Kopfs werfe ich ihm einen verstohlenen Blick zu und sehe sein Gesicht an. Ich bin wie ein ungezogenes Mädchen, das gern spielen will. Er ist schön, mein Mann. Schön und ruhig. Er starrt vor sich hin. Er möchte noch nicht spielen. Wie alle verantwortungsvollen Männer weiß auch er, dass zuvor ein paar Dinge geregelt werden müssen. Auf der anderen Seite des quadratischen Warteraums sitzt mein Vater. Er sitzt da. Ruhig. Er sieht meinen Mann an. Sie sehen sich an. Messen einander mit blauen Augen. Sie sind kühl, reglos, wie sie einander so messen. Sie stellen in einem Ring der Leere Erwägungen an. Sie schlagen eine Schlacht. Ich spüre eine unsichtbare Linie, die elektrisch geladen den Raum durchschneidet. Wie ein scharfes Schwert, eine Lanze, geschwungen von einer unsichtbaren Macht. Wer wird siegen? Wer wird nachgeben? Ist das überhaupt ein Wettbewerb? So messen sich wahre Kämpfer. Sie treten in die Mitte des Rings. Sie verneigen sich vor Ehrerbietung. Sie stehen einander gegenüber, von Angesicht zu Angesicht. Sie sehen sich an. In ihre Augen ergießen sich Himmel, Hölle, alle Weisheit und alles Wissen dieser Welt, Geheimnisse und Prophezeiungen. Dann beruhigt sich die Schlacht. Sie verneigen sich, gehen respektvoll auseinander. Und ich sitze da und habe zum ersten Mal im Leben das Gefühl, nichts tun zu müssen. Nichts mehr. Ich muss mich nicht mehr einmischen. Die Rolle der Beobachterin stört mich dieses Mal nicht. Im Gegenteil, sie ist so angenehm, als tränke ich Kakao und äße weiches Gebäck und schämte mich der Sattheit nicht. *Nichts tun. Nichts zu verstehen versuchen. Nichts erzwingen. Nichts beschleunigen. Nur sein und vertrauen. Zulassen.* Ich lasse meine Arme hängen. Sehe meine Fingernägel an. Sie sind schön. Fest. Sauber. Ich weiß. Ich vertraue darauf, dass sie in der Lage sind, einander das zu sagen, was sich zwei Männer eben sagen müssen, die beiden wichtigsten Männer in meinem Leben. Ich musste lediglich das Hochzeitskleid kaufen. Ich habe lange gebraucht, um mich zu entscheiden. Das gebe ich zu. Lange Jahre war ich nur nachlässig in ein Kostüm gehüllt gewesen, das die Rolle der Braut angedeutet hatte. Der Theaterbraut. Und als ich gerufen wurde, ich solle in das letzte Wartezimmer treten, in das letzte, das das erste war, wollte ich dem Aufseher entkommen. Aber das ging nicht. Er erkannte das Kostüm. Das staubige, geliehene Kostüm und den zu oft geflickten Schleier, entjungfert und verunreinigt von den Blicken der Masse. Es liegt nun einmal in der Natur eines Kostüms, eine Illusion zu erzeugen, das Publikum von seiner Glaubwürdigkeit zu überzeugen. Nur wir, die Schauspieler, die wir es Abend für Abend an uns herumschleppen, wissen, dass es schlecht genäht ist, dass die *inneren Ränder spröde* sind, dass die Näherinnen sie nur notdürftig mit einer doppelten Naht zusammennähen, da es sowieso nur für eine Saison und ein paar Abonnementvorstellungen dient. Nur wir Schauspieler wissen, dass das Futter aus billiger Kunstfaser besteht, in der wir hoffnungslos schwitzen, erst recht unter einer Armee von Scheinwerfern. Und wir schlüpfen jeden Abend in ein und dasselbe Kostüm, stochern in der Psyche ein und derselben Figur herum, versuchen sie zu fassen und uns selbst und das Publikum zu überlisten. Das Publikum zu überzeugen und vor allem uns selbst: Heute Nacht bin ich eine glückliche Braut. Ja. Aber der *Aufseher* weiß, wann die *inneren Ränder wirklich verstärkt sind.* Also musste ich zurück, die Prüfung mehrmals ablegen, und wieder eine Korrektur, und wieder eine Prüfung, zurück, ins Geschäft und ein neues Kleid kaufen. Immer wieder ein neues Kleid. Es gibt Geschäfte – ich weiß nicht, ob Ihnen das bekannt ist –, wo nur das verkauft wird: Hochzeitskleider. Sie werfen sie auf einen Haufen und dann muss man selbst eines heraussuchen. *(Und in diesem Geschäft trifft man auch die verbissen emanzipierten Frauen, ja, die Feministinnen – alle lassen sich hier blicken, auch wenn sie das um keinen Preis zugeben würden! Ich habe sie selbst gesehen, wie sie in dunklen Nächten auf den Tischen der Marktfrauen herumwühlen, inkognito auftreten und um jedes Stückchen Hochzeitsschleier feilschen ...)* Ich wollte ein schillerndes Kleid, ein mexikanisches, mit Volants, in dem ich barfuß auf den Tischen tanzen könnte, doch schließlich habe ich mich für ein weißes entschieden. *Weiße,* spröde, aus Baumwollfäden gewebte Spitze, einfach, nicht lang, nicht kurz. Nur über den Körper gegossen. Nur für mich gemacht. In meiner Garderobe gab es so wenig Weiß. Vielleicht deshalb, weil mein Vater weiße Arztkittel trug. Keine Ahnung. Weiß steht mir. Das überrascht mich immer wieder. Es betont meine Schlankheit und gibt mir das Gefühl, wieder neu hergestellt zu sein. Weiße Windeln, *Anfang,* saubere Laken, die nach Lavendel und nach meiner Mutter duften, nach faulen Samstagmorgen, weiße Gaze auf zerschrammten Knien und die Fürsorge meines Vaters, der sagt, *bis zu deiner Hochzeit ist das verheilt. Wann werde ich denn heiraten,* frage ich, *dauert das noch lange? Muss ich noch lange warten, Papa? Wirst du mich zum Altar führen und mich dann meinem Mann übergeben?* Weiße Gaze, die die Schmerzen verdeckt. Heilt. Ein weißer Schleier, der die Schmerzen verdeckt. Heilt. Ein weißer Samstag, der ein neues Zuhause schenkt, einen neuen Namen, eine neue Identität, ein weißer Prinz, der sich für mich entscheidet, weiße Damenbinden, Watte, in ein weißes Netz gestopft. Das erste Menstruationsblut. Weiß, das nicht mehr weiß ist. Weiß, gezeichnet vom ersten Schritt ins Frausein. Ist auch das weiße Gaze, die Schmerzen verdeckt? Dann erinnere ich mich. Das erste prämenstruelle Blut und seine Hand, die Hand des Vaters, seine glühende Handfläche auf meinem Bauch. *(Und ich habe sie doch gefunden, habe die Berührung meines Vaters gefunden!)* Und er sagt, es gebe Menschen, die nur durch Berührung heilen. *Berühr mich dort, wo ich anders bin. Berühr mich dort, wo ich Schmerzen habe. Vor allem aber berühr mich dort, wo ich mich erfreuen kann.* Ein weißer Kranz auf seiner Beerdigung.

Doch jetzt, im Traum, im Wartezimmer trägt er kein Weiß. Mein Vater. Er hat ein rotes T-Shirt an. Rot. Blutrot. Gezeichnet. Mitten auf dem T-Shirt das schwarze Profil von Josip Broz Tito mit seiner berühmten Mütze auf dem Kopf. *Woher kommt das?*, frage ich mich. In die poetische Traumfigur hat sich der Marschall eingemischt, sich auf mich gestürzt, wie einem ein nachlässig geschichteter Holzstapel entgegenkommt. Losgebrüllt und die Regeln des Traums gebrochen. Was für ein ungewöhnlicher Traum. Der Krampf in meinem Bauch und seine Hand, die heiß ist, seine Handfläche auf meinem Bauch, und er sagt, es gebe Menschen, die nur durch Berührung heilen. Dann wird das sonntägliche Fernsehprogramm unterbrochen, in dem Moment, in dem die Hauptfigur des Films aufwacht und die nackten Füße auf den Boden stellt, in dem Moment, in dem mein Vater meine Schmerzen lindert, verkündet der Fernsehjournalist Tomaž Terček: »*... und das Präsidium der Sozialistischen Föderativen Republik Jugoslawien verkündet der Arbeiterklasse, den arbeitenden Menschen und den Bürgern, der Nation und den Völkern der SFRJ – Genosse Tito ist gestorben.*« Und dann weinen wir. Wir alle weinen. Zwei Tage nach Vaters Geburtstag, am Todestag des großen Vaters, am 4. Mai 1980, wurde ich zur Frau. Die Hauptfigur des Films erwachte als Frau. Ich hätte mich darüber freuen sollen, aber wir weinen. Hat mich der Marschall dafür bestraft? Weil ich zur Frau geworden bin? Wird es jetzt Krieg geben? Weil ich nicht mehr seine Mitstreiterin, das entweiblichte Wesen, die Partisanin bin? Wusste er das und beschloss zu sterben? (*Oder bist du gestorben, weil du geahnt hast, dass ich einen Mann kennengelernt hatte, der die Frau in mir erwecken würde?)* Menstruationsblut, rot wie der fünfzackige Stern, Symbol der Opferung für große Ideale. Deshalb vielleicht jetzt das schwarze Profil des Marschalls Tito auf Vaters Brust. Ich werde auch ihn aufarbeiten müssen, den beinlosen General, der mich durch den Schmerz und die Trauer der Entstehung begleitet hat. Vater und Marschall Tito, meine Helden, meine Mitstreiter, die mich im Entweiblichtsein bestätigt haben, in der Geschlechtslosigkeit, in einer Art unbestimmbarem Magma, in dem ich mich wie eine wild gewordene Wespe gesucht habe, in einem Stoff, der mich nur schwach bestimmt hat und den ich Titos Brigadierin, Kämpferin, Partisanin, Heldin, Mitstreiterin, Jugendliche, Pionierin genannt habe. Titos Aufseherin, Dosenöffnerin für Gefühlskonserven, besessene Machthaberin, Erlöserin. Was für eine Mauer der Sicherheit! Sicherheit des Schwebens in der Unbestimmbarkeit des Geschlechts. Als sei meine frühe Kindheit in dem Moment besenrein gewesen, in dem ich mit Schulbeginn und festgestampft mit allen möglichen Idealen der Pionierin, Jugendlichen, Brigadierin das Gefühl für mein Geschlecht verloren hatte. Mein vorheriges Kokettieren, die spontane mädchenhafte Affigkeit, und, warum auch nicht, das unverzichtbare Spiel von Eitelkeit und Selbstliebe, Rüschen an den Röckchen und farbige Zöpfchen, als sei mit Schulbeginn das alles mit einem einzigen tsunamiartigen Schwung verschwunden. Die Röcke wichen Hosen. Die Haare wurden geschnitten. Dem Marschall wurde ein Bein abgenommen. Er konnte nicht mehr laufen. Und mein Vater erwähnte meinen Körper nur einmal. Ein einziges Mal kommentierte er mein Aussehen. Ein einziges Mal lobend. Er sagte, ich hätte schöne lange Beine und solle sie nicht verstecken. Insgeheim veranstaltete ich Modeschauen. An den Abenden, an denen meine Eltern nicht zu Hause waren, verwandelte ich mich wie Aschenputtel in eine Frau, im Geheimen, doch wenn sich der Schlüssel im Schloss drehte, war es vorbei mit der Magie, meine Kutsche wurde zum Kürbis, meine Rösser zu Mäusen, und wenn ich mit Freundinnen in der Stadt unterwegs war, fühlte ich mich in ihrer Gegenwart immer wie eine fehlplatzierte Masse, ein Anhängsel, ein Zusatz. Mein Vater war Radfahrer. Er war ein leidenschaftlicher Radfahrer. Das ist im Grunde alles, was ich von ihm geerbt habe. Ein Fahrrad. Ein Fahrrad und einen Anhänger, damit er Milch ausfahren konnte. (*Oh, Milch, ja, auch Milch ist weiß, das hätte ich fast vergessen*). Er hat mir nie das Fahrradfahren beigebracht. Nie, trotz der Bekräftigung, dass ich schöne Beine hätte, starke Beine, Beine, mit denen man den Berg hinaufstrampeln könnte. Beine, die mich fest auf dem Boden halten würden, Beine, die mich hinaufführen würden. Mit dem Radfahren verdiente er ein bisschen was und versorgte seine Mutter, seine noble Mutter, die im Leben keine Arbeit anrühren musste. Eine gepflegte Dame im Chinchillamantel. Hat ihn jegliche, noch so unschuldige weibliche Eitelkeit gestört? Fürchtete er, auch seine Tochter könnte so gekünstelt werden wie seine Mutter? Trug ich deshalb Hosen und Unisex-Mäntel im Olivgraugrün der Volksarmee? Verbot er mir deshalb Stricken, Makramee und alle möglichen Frauen-Handarbeiten, sodass ich schließlich heimlich stricken und häkeln musste? Nein, das glaube ich nicht. Ich habe den Pelzmantel meiner Großmutter geerbt und ihn aus Trotz im Schrank hängen lassen, den Motten zum Fraß. Er wurde nicht wütend. Es war ihm im Grunde egal. Und ehrlich gesagt, auch das entspricht der Wahrheit, weibliche Schönheit war ihm nie fremd. Ich sah, wie er meine Mutter betrachtete und bin in der Lage, den Blick eines Mannes zu erkennen, der auf der Schönheit einer Frau ruht. Aber ihm war vermutlich nicht bewusst, dass ich eine Bestätigung brauchte, eine Bestätigung, dass ich eine Frau bin. Jetzt, in diesem ersten letzten Warteraum, bedeutet das nichts mehr. In dieser Abgeschlossenheit des Quadrats gibt es keine Ampeln. Straßenverkehrsregeln gelten in diesem Quadrat nichts. Wir sind hier im Reich der Träume. Im Reich der Träume stehen andere Wegweiser. Hier gelten andere Regeln. Und dann steht mein Mann auf. Er fordert mich auf, gemeinsam mit ihm vor ihn zu treten, vor meinen Vater, vor meinen Vater in dem roten T-Shirt mit dem schwarzen General auf dem Herzen. Ich stehe ein wenig hinter meinem Mann, vielleicht einen halben Schritt rechterhand hinter ihm. Seine Schultern schützen mich. Meine Beine sind kräftig. Uns fehlen die Worte. Etwas, das stärker ist als die Banalität des Aussprechens, zeichnet sich in der Luft über dem Kopf meines Vaters ab. Wie eine Denkblase in einem Comic. Drei Pünktchen und eine Wolke. Und in der Wolke ganz deutlich der Gedanke: *»Wenn du meine Tochter haben willst, musst du ihr Kleid bezahlen!«* Wie lächerlich. Als wären wir im Märchen. Geschäfte sind mir schon immer auf die Nerven gegangen. Handel. Die Politik der Beziehungen. Ich gebe, damit du gebest.

Aber ich weiß, dass es sich diesmal um ein Ritual handelt. Um mehr als eine Zahlungsbanalität. Zahlen. Bezahlen. *Du blutest, mein Herz, du blutest* ... Ich höre die Tonproben, dort unten, wo alles bereit ist. Jemand weint, eine Seele weint, weil Marschall Tito gestorben ist und ich eine Frau werde. Weint mein Vater, weil der Marschall gestorben ist, oder deshalb, weil ich eine Frau werde? Dann greift mein Mann nach meiner Handtasche. Nein, er weint nicht, er freut sich, dass ich eine Frau bin. Ruhig gebe ich sie ihm, obwohl sie schwarz ist. Ich vertraue ihm, er kann darin herumwühlen. In meiner Dunkelheit. Mit jeder Berührung löst er sie auf. *Nur er wird mich so zart in der Dunkelheit berühren können.* Er nimmt den Geldbeutel heraus. Entnimmt ihm ein Bündel Scheine. Grüne Scheine, die zu einhundert Euro. Ich bin überrascht. *So viel verlangst du für mich, Vater? Bin ich wirklich so viel Wert?* Mein Vater greift nach den Geldscheinen und breitet sie auf der Handfläche aus. Zärtlich. Voller Vertrauen. *Der Wert. Mein Wert starrt mich an.* Ich sehe alte jugoslawische Banknoten, graue Tausender, grüne Fünfhunderter, die roten Reiter auf den Hundertern. Altes, unnützes Geld, alte Reiter, müde Gäule. *Vater, ist es das, was du für mich haben möchtest?* Geld, das unbrauchbar ist, aber in dem, in dessen papierner Verwitterung, mein Wert notiert ist? Eine Notiz aus den Zeiten des Genossen Tito? Geld für alle diese unausgesprochenen Gefühle? Der schwarze General auf dem Herzen? Denn

Gefühle, oh, ich weiß, die haben die gleiche Werttigkeit wie Geld. Als wollte er mir sagen: sie sind bezahlt, jetzt, für diese oder jene Zeit sind sie bezahlt. Bezahlt. Vergeben. *Vergib mir, Vater, falls ich gesündigt und Fehler gemacht habe, denn ich habe es aus Unwissenheit getan, wie auch ich dir vergebe.* Ich beuge mich über seinen verknöcherten Schädel, meine sonst so eleganten Handgelenke sehen darauf übertrieben dick, rundlich, wulstig aus. *Deine Aufgabe ist erledigt, Vater.* Du hältst meinen winzigen Kopf, ich bin gerade geboren, und du hältst meinen Kopf, für den Bruchteil eines Augenblicks blitzt in mir dieses Bild auf. Du lachst mich an und sagst, ich sei willkommen. Du brabbelst etwas, was Glück sein könnte. Vermutlich hast du mir damals zum letzten Mal gesagt, dass ich schön bin. Du schaust in meine Augen, die noch neblig blau sind, die Augen eines Neugeborenen, die noch kein festes Ziel haben. Augen, Vater, die erst noch Welten durchwandern. Im Traum setze ich mir farbige Kontaktlinsen ein, blaue, keine grünen mehr, sondern blaue, tief wie das Meer, damit wir uns spiegeln können. Du siehst mich an wie ich dich jetzt ansehe. Du begrüßt mich bei meiner Geburt, ich grüße dich bei deinem Tod. Du hörst auf zu röcheln. *Hört er mich, lebt er noch? Er hört Sie, aber er lebt nicht mehr.* Wie ungewöhnlich. Unverständlich. Pause. Nichts. Dann wie aus heiterem Himmel Atmen, ruhiges Atmen. Als sei er noch einmal ein wenig ins Leben zurückgekehrt. Noch ein wenig, damit ich ihm sagen

kann, es ist alles bezahlt, mein Mann hat das für mich getan, und ich weiß, dass nur Männer das tun können. Das sind Männerangelegenheiten. Er hört auf zu röcheln. Stille. Er hört mich, aber er lebt nicht mehr. Dann ein letzter Krampf. Das Zerfasern der weißen Häkelspitze auf seinen Augenlidern. Als wollte er mir bekunden, dass ihm die Wahl meines Hochzeitsmotivs gefalle. Ein Zucken der weißen Lider, Zinnober auf den Wangen, orangefarbene Feuer wirbeln in der Luft herum. Wie die Kapelle dort unten bist du, wie eine Kathedrale, Vater, das ahne ich, und du steigst in Frieden auf. Mein Vater, endlich wirklich verheiratet. Mein Vater, mit sich selbst verheiratet. Mein Vater und weiße Gaze auf den Augen. Wie himmlische Scheuklappen. Die genug gesehen haben, sodass alles abgegolten ist. Weiß. Weiß wie mein Kleid an deinem Grab. Weiß wie Milch. Die Milch einer stillenden Mutter. Mein Vater hinter der Tür, der Vater, die Hand auf dem Bauch, mein Vater vor der Tür. Und ein weißes geflügeltes Pferd. *Abyung Vater.*
Dann erwache ich. Ich, die Frau.

10.

Was bedeutet es, zu lieben? Ganz in echt zu lieben? Du hast mich nie gefragt, ob ich jemanden habe. Ob ich einen Freund, Partner, Ehemann habe. Ob ich glücklich verliebt bin. Nie. Meinen Bruder hast du einmal gefragt, vorsichtig. Und er hat dich angelogen. Er hat gesagt, ich sei versorgt. *Versorgt?* Versorgt womit? Was wolltest du überhaupt wissen? Ich habe Angst davor, dieses Kapitel aufzuschlagen, ich habe Angst davor, dieses Kapitel zu beenden. Ich muss raus. Und wenn ich zurückkomme, werde ich vielleicht herausfinden, dass alles nur ein Traum war. Ein Traum von einem violetten Faden, den ich durchschneiden muss.

11.

Eigentlich war mein Vater zu einer ganzen Reihe von Blödsinn fähig, den ich ignorierte, vor lauter Angst, mir am Ende das Schlimmste davon anzueignen. Zum Beispiel die Leichtigkeit und die Fähigkeit, sich dem Augenblick hinzugeben. Hätte man das Verantwortungslosigkeit nennen können? *(Sagte ich das Schlimmste? Woher diese Wertung? Wer hat sie mir aufgezwungen?)* Freilich eine bisweilen so liebenswerte und lang vermisste Verantwortungslosigkeit. Nicht denken. Mit dem Kopf durch die Wand. Was passiert, passiert. Wie herrlich. Ewige Verspätung. Vor allem aber Verantwortungslosigkeit, was das Geld angeht. Wir hatten nie Geld. Was wir für Milch und Brot brauchten, sammelten wir aus den Spardosen zusammen, manch ein kleiner *Delphin* musste dran glauben, damit wir etwas zu essen hatten. Meine Mutter war und ist immer noch, eine sehr einfallsreiche Frau. Wir bekamen viel Gemüse von ihren Eltern, die auf dem Land lebten. Von der Arbeit, von der Schule, wo sie als Lehrerin angestellt war, brachte sie jeden Tag eine Portion Mittagessen heim. Tante Marija, unsere Nachbarin, war Chefköchin und schaffte immer etwas zusätzlich für sie auf die Seite. Quarkschnitten oder Buchteln mit Marmelade. Daher aßen wir auch so ungewöhnlich viel. Mein Bruder und ich aßen in der Schule zu Mittag und dann noch einmal zu Hause. Als fürchteten wir, es könnte am nächsten Tag nicht mehr genug geben. Und wir legten uns Vorräte an. Vorräte von diesem und jenem. Hamsterten Dinge. Mein Bruder stahl Marmelade. Stahl, sage ich, weil sie heimlich und wie von Zauberhand aus dem Kühlschrank verschwand. Und mit ihr Löffel. Als keine Löffel mehr in der Schublade waren, schöpfte meine Mutter Verdacht. Im Wäscheschrank fanden wir mehr als fünfzehn leere Marmeladegläser, in ihnen steckten Löffel mit getrockneten Schimmel überwachsenen Geleeresten. Mein Vater achtete nie aufs Geld. Am meisten bewunderte ich ihn, wenn er Schinken mit nach Hause brachte, diesen quadratischen, ganz dünn geschnitten, der auf der Zunge zergeht, und Mayonnaise, oh, Mayonnaise, und manchmal auch Teewurst. Und vor allem duftendes Weißbrot, noch heiße Brötchen, auf denen die Butter zerschmolz. Auf welch majestätische Weise er das zu tun verstand. Heute würde ich sagen, er hatte Stil. Damals war Schinken teuer, und Mayonnaise auch. Zumindest für uns. Doch er servierte uns alle diese Köstlichkeiten. Darüber freute ich mich so sehr, dass ich mich sogar mit einem Beutelchen Salatmayonnaise fotografieren ließ. Ein kleines Mädchen mit Zöpfen neben ihrer besten Freundin. Er machte sich des Öfteren über mich lustig, *Maja und ihre Majannaise.* Natürlich war sein Verhältnis zum Geld seltsam. Freunden, Bekannten, Passanten gab er zu häufig einen aus. Und so blieb nicht genug für uns übrig. Er unterhielt seine schlampige Schwester, half seinem Bruder, seinem Cousin, seiner Cousine. Immer fand sich jemand, der mehr Hilfe brauchte als wir. Er war ein Retter. Doch wenn wir irgendwohin zu Besuch gingen, schrien die Verwandten schon an der Tür: »Versteckt den Schinken und den Kuchen, die Ausgehungerten kommen!« Lange Zeit habe ich nicht verstanden, warum er das tat. War er wirklich so naiv oder schämte er sich, dass er nicht genug hatte? Ich gehe in den Keller. In unseren gemeinsamen Keller. *In den Keller zu gehen, ist ein gefährliches Unterfangen.* Ich bin erwachsen, ich werde es schon aushalten, ich werde meiner Mutter helfen, endlich den ganzen Krempel aufzuräumen. Wir haben einen Lastwagen gemietet, um die Vergangenheit auf die Müllhalde zu bringen. Als wäre ein mickriger Lastwagen genug. Teppiche, Flaschen von Deit, Stil, Orangenlimonade, Coca Cola, Angelausrüstung, eine alte Zahnspange, Spaten, Töpfe, von Mäusen zerfressene Decken, ein alter Kühlschrank, ein alter Herd und irgendwo auf dem Grund all dessen eine Tüte. Eine Tüte mit Papieren. Ich kann es nicht glauben, Kopien meiner Anträge auf Stipendien. Mein Vater prahlte häufig damit, einflussreiche Freunde zu haben, und er hatte sie tatsächlich, aber nur, solange er ihnen umsonst die Zähne richten konnte oder ihnen ihre teuren Kunstwerke abkaufte, um sie zu unterstützen. Wenn er selbst einen Gefallen brauchte, war keiner da. *Wer sind diese Menschen, die mir die Hand reichen? Wer drückt mir sein Beileid aus? Ich kenne niemanden. In ihren gealterten Gesichtern versuche ich, jene wiederzuerkennen, die so häufig an unserer Tür klingelten und mit dem Finger auf den einen oder anderen schmerzenden Zahn deuteten. Erfolglos. Sie sind Fremde. Diejenigen, die im Gasthaus Fladenbrot in Ajvar tunkten und sich mit Čevapčići vollstopften, auch die sind nirgendwo zu sehen. Die, die wegen Geld für den Bus nach Ljubljana zu ihm kamen, weil sie studieren wollten, die, denen er das Studentenwohnheim bezahlt hat, die, für die er den Vater spielte. Sie alle sind nicht da. Nur mein Bruder ist da, mein Bruder, der nach oben an die Decke der blauen Kapelle starrt, als suchte er noch immer den fliegenden Drachen. Er lächelt, vielleicht sieht er ihn wirklich. Sie sind in der Unterführung und essen Eis, dieses Vanille-Cornetto in Blau und Gold mit Steinböcken darauf. Sie ziehen eine Show ab. Sie schneiden Grimassen in das Objektiv der Super-8-Kamera. Das Band im Projektor flattert, ich sehe die beiden, wie sie eine Straße entlanggehen. Vater und Sohn. Der Sohn sieht ihn an, er ist wieder zu seiner Linken. Er sieht ihn an und sucht seine Hand, die Hand des fliegenden Drachen, als fürchte er, der erste Herbstwind könne ihn forttragen. Für immer fortblasen. Mein Vater, der fliegende Papierdrachen. Und einen Drachen muss man besiegen, mit der Lanze seine Zerstörungskraft un-*

schädlich machen, nicht wahr? Aber wie macht man das? Wie? Mit der Lanze auf das Papier losgehen? Das würde ihn zerreißen, und aus Transparentpapier kann nichts Gutes entstehen. Der erste Regen würde es durchweichen, es würde im Matsch verschwinden. Das Transparentpapier eines fliegenden Drachen ist kein Frosch, der durch einen Kuss zum Vater wird, es ist kein brüllender Zauberer von Oz, der hinter dem Vorhang harmlos Kekse in Kakao tunkt. Deshalb muss man ihm erlauben, dort oben zu bleiben, am Himmel. Und ihn mit einem dünnen Faden in schmerzhafter Verbindung halten und sich nach ihm sehnen. Diese Nabelschnur niemals durchtrennen. Wie könnte man sonst leben? Ohne Drachen, der immer so mutig hoch hinaus fliegt? Ohne den Drachen, der er ist, oder ist er das nicht? Ich ging zum Studieren ins Ausland. Und dafür brauchte ich ein Stipendium. Ich schrieb einen Antrag, vervielfältigte ihn und bat meinen Vater, ihn seinen einflussreichen Kollegen zu geben. Er versicherte mir, er würde das tun. Geld floss. Nicht viel, aber genug. Und ich dachte immer, ich hätte das selbst erreicht. Und jetzt finde ich sie, im Keller entsorgt. In einer Ecke des Kellers. Die Anträge. Ehe er sich *erniedrigte* und um ein Stipendium für seine Tochter bat, zahlte er lieber alles aus eigener Tasche. Verschuldete sich. So war mein Vater. Vergiftet mit etwas, was man ... wie nennen könnte? Die Macht des Scheins? Das immense Bedürfnis, endlich *jemand* zu sein? Eine Position zu haben, die er als abgelehntes Kind nie gekannt hatte? Niemals zugeben zu müssen, Hilfe zu brauchen? *Brauchte mein Vater Hilfe? Wie wäre es gewesen, wenn er sich hingestellt und gesagt hätte: Bitte helfen Sie mir. Ich weiß nicht, wie man Vater ist.* Meine Mutter hatte er davon überzeugt, zuerst seine Freundin und später seine Frau zu werden, indem er sie ohne Geld in der Tasche zu einem Drink einlud und ihr dann erklärte, er sei Gott. Meine Mutter arbeitete damals schon als Lehrerin und bestand zum Glück darauf, ihm sein Getränk zu bezahlen. Ein Student wird mir ja kaum einen ausgeben können, sagte sie. So konnte er seine heilige Position auf dem Podest halten. Und wenn man einmal Gott ist, kann man nicht mehr zurück. So spielte mein Vater also Gott. Er war groß und mächtig. Er konnte auch vier Stufen auf einmal nehmen. Und so schön rezitieren, zum Beispiel das hier: *»Oh, Istrien, ich erkenn dich gar nicht wieder ... du hast dein Siegel eingebrannt für alle Zeiten, deshalb erklingt mein Lied zu deinen Saiten ...«* Irgendwie so rezitierte er es. Und mein Bruder und ich machen auf dem Rücksitz des alten weißen Prinzen bei jedem Buckel auf der Straße *Hauruck!* und äffen ihn nach, kichern und schneiden Grimassen über sein Pathos. Ich weiß nicht, was er macht, wenn wir Grimassen schneiden. Ich weiß nur, dass er den Motor abstellt, in den *Leerlauf* schaltet und wir still ins Tal hinunterrollen. Das tat er, um Benzin zu sparen. Diese Inkonsequenz, die er an den Tag legte. *Mein Vater im Leerlauf.* Bei Benzin, Essen und Kleidern sparen.

Alles, was mein Bruder und ich trugen, Hosen, Pullover, Mäntel, war geschenktes Zeug. Geerbt von Cousins, Cousinen, Freunde, Nachbarn. Wir bekamen so selten etwas Neues. Einmal sollten wir nach Triest fahren. Ich wartete so ungeduldig auf diesen Tag, an dem ich endlich meine ersten Jeans bekommen sollte, an dem ich Buntstifte der Marke Giotto bekommen sollte, an dem ich italienische *Babaloo*-Kaugummis bekommen sollte, an dem ich *Cicciobello* bekommen sollte, eine Puppe, die gleichzeitig weint und pinkelt, oder die Puppe, die selbst laufen kann und auf der Brust eine Schallplatte hat, eine kleine Vinylplatte, und singt: *»Mamma, mamma, mamma, tu sei la mia mammina, du bist meine liebe Mama ...«* Du hattest es versprochen. Und wie immer dein Versprechen gebrochen. *Ich überzeuge dich davon, dass du ewig bist, und du hast endlich dein Versprechen gehalten und bist gestorben.* Ich habe dich fertig angezogen an der Haustür erwartet. Alle drei haben wir auf dich gewartet. Aber der weiße Fiat 101 war nirgendwo zu sehen. Nicht am Morgen, nicht am Nachmittag, nicht am Abend. Erst am nächsten Tag hörte ich von Weitem das Quietschen der Reifen, das Schlagen der Tür, ein Zischen. Und dann Schnarchen. Mein Vater war in seinem theatralischen Pathos unglaublich gut. Ausgezeichnet auf der Bühne, seine Stimme donnerte nur so. Im Grunde war er ein sehr freundlicher Mensch. Er hat mich nie geschlagen. Naja, nur einmal, später, als ich nicht auf den Abiball wollte. Ich hatte mich nämlich in einen Maler verliebt und wollte mit ihm zum Kaffeetrinken nach Venedig fahren. Damals verpasste er mir eine Ohrfeige. Haben Freundlichkeit oder Unfreundlichkeit etwas damit zu tun, ob jemand die Hand gegen einen erhebt? Was heißt es, ein Kind zu schlagen? Mein Vater war ein Supervater – er hat mich nicht verprügelt. Mein Mann ist ein Superpartner – er lässt mich in Ruhe. Wer hat in uns auf dieses *Weniger,* auf das *Nicht* umgeschaltet? Wer hat das Inkaufnehmen des Mangels in unsere Gene gepflanzt? Ich übertreibe. Im Grunde übertreibe ich. Ich werfe ihm die Spontaneität vor, die ich bei mir selbst lange Zeit gefürchtet habe. Ich versuche, nur die Momente zu finden, die am schönsten waren. Doch ich gleite immer wieder aus und falle dorthin, wo ich nicht mehr sein möchte. Warum erinnere ich mich nicht an den Moment, in dem wir in der Schulküche waren? Mein Vater und meine Mutter organisieren ein Meeting, ja, ein echtes Partisanenmeeting, und mein Vater bereitet französischen Salat zu. Er steckt seine bloßen Hände in eine anderthalb Meter breite und noch tiefere Schüssel und mischt den Salat. Wie wir doch über ihn lachen! Er riecht noch tagelang nach Mayonnaise, und wir machen uns darüber lustig, dass eine grüne Erbse aus den Haaren über seinen Arm hüpft. Der Prinz auf der Erbse. Oder der Moment, als wir auf der Couch liegen und wegen dem verrückten Woody Allen grinsen und Vater so sehr lacht, dass er sich in die Hose macht. Oder der Moment, als er mich auf dem Flur umarmt und sagt, dass er mich lieb hat. Aber das gilt wieder nicht, er war betrunken. Oder der Moment, in dem er den Blick von einem Patienten hebt, der auf dem Stuhl sitzt, und mir fröhlich zuzwinkert, oder der Moment, in dem ich ihm meinen ersten, frisch gedruckten Roman übergebe und er mich auf einen Kakao aus dunkler Schokolade mit Lavendel einlädt. Warum erinnere ich mich nicht an die Orangenschalen auf dem Ofen, seine Kartoffelspezialität *Grenadiermarsch*, seinen Gesang und sein Lachen? Warum erinnere ich mich nicht, wie er beim Singen von *Kad ja pođoh na Bembašu* (Als ich nach Bembaša ging), im Gasthaus den Aschenbecher in die Handtasche meiner Mutter stopfte, wie wir beide in Großmutters Speisekammer zart gebackene Brotkruste stibitzten, wie er mir den Stabmixer schenkte, damit mir beim Zwiebelschneiden nicht die Augen tränen? Ich höre noch immer das Klavierkonzert von Tschaikowski am Samstagmorgen und den Lärm des Staubsaugers. Mein Vater war ein Gott, aber einer, der Versuchungen erlag. Ein Gott mit einem Fehler. Ein Gott, der wirklich einer hätte werden können, wenn er ein für alle Mal zugegeben hätte, dass er fehlbar ist. Mein Vater – ein Mensch. Wieso konnte ich das damals nicht begreifen? Ist es wirklich so schwer zuzugeben: Ich bin fehlbar, ich habe keine Kraft, ich bin zerbrechlich, ich kann das nicht. Ist das wirklich so schwer?

Warum müssen wir Verwundbarkeit, Unzulänglichkeit, unsere menschliche Schwäche verbergen? Erst indem wir sie benennen, können wir allen unseren Schwächen die Möglichkeit zum Wandel geben. Und so schuf mein Vater einen immer größeren Abgrund zwischen dem, was er werden wollte und was andere in ihm sehen sollten, und dem, was er in Wirklichkeit war. Und vielleicht hat er sich irgendwann einmal gewünscht, einen Schritt zurückzutreten, zurückzukehren und die Risse zu flicken, doch der Abgrund war zu groß, zu tief, und vielleicht hatte er da schon keine Kraft mehr. (*Suche ich nach Ausreden? Spekuliere ich? Antworte ich wie ein Advocatus Diaboli an seiner Stelle? Vielleicht sollte ich mir ein für alle Mal sagen: Dein Vater hat dich nicht geliebt. Punkt. Er war nicht fähig dazu. Er war es nicht. Und Schluss. Dreh den Verstärker voll auf, lass die Gitarren losjaulen, das Schlagzeug donnern, lass Rock'n Roll in deinen Kopf. Schluss!*) Ich treffe einen Bekannten. *Er hat keinen Vater. Er hat ihn nicht gekannt. Ich weiß nicht, wie das ist. Wenn man einen hat, ist es schön, aber auch schmerzhaft, weil man auf alle möglichen Arten gezeichnet ist. Wenn man keinen hat, ist es schmerzhaft, kann aber auch schön sein, doch vielleicht erst dann, wenn man ihn sich selbst erschafft und sein eigener Vater wird. Ich weiß nicht, wie das ist. Ich kann es mir nur vorstellen. Aber wenn er mich bitten würde, mit ihm seinen Vater zu suchen, ginge ich mit. Und wenn ich ihn träfe, würde ich ihm zuallererst eine Ohrfeige verpassen. Er, der*

Bekannte, stünde neben mir. Er würde zittern. Alles in ihm würde verstummen, er würde nicht mehr atmen können. Vor Überraschung, dass er seinen Erzeuger zu fassen bekommen hat. Und er wäre bereit, ihm alles zu verzeihen. Deshalb wäre ich bei ihm. Und noch einmal, noch eine Ohrfeige. Hier, du Schuft, nimm das! Du hast es verdient, dass ich dich bis zur Ohnmacht ohrfeige. Und noch einmal. Klatsch! Klatsch! Klatsch!, hallt es irgendwo zwischen den Fjorden wider. Man lässt sein Kind nicht im Stich! Wenn man keinen hat, kann man ihn nicht verlieren. Wie schmerzhaft. Manchmal habe ich mir gewünscht, es gäbe ihn nicht. Er wäre nicht mehr da. Er käme nicht immer wieder zurück. *Wenn du nicht bei mir bleiben kannst, dann komm bitte auch nicht.* Ich hasse dieses ewige Hin und Her. Entweder *du liebst oder du liebst nicht. Du kannst nicht nicht wissen, was du fühlst.* Dieses kranke Sich-Verstellen und Beharren in Erstarrung. *Irgendwo dazwischen. Waisen des Herzens.* Sie weiß, was es bedeutet, einen Vater zu haben. Sie weiß, was es bedeutet, einen Vater zu verlieren. Nur, wer einen hat, kann ihn verlieren. Die Glückliche, und jetzt kann sie ihn sogar begraben. *Klatsch! Noch einmal, um ihn wachzurütteln.* Um mich wachzurütteln. *Und dann würde ich mich niederknien, ihm die Schuhe ausziehen, ihm die Strümpfe ausziehen und ihm in warmem Wasser die Füße waschen. Dann würde ich sie ihm salben und küssen, bis zur Besinnungslosigkeit küssen und mich bedanken, dass er mich gezeugt hat. Wie dankbar ich bin, dass er das ge-*

tan hat. Vater, danke, dass du mich geschaffen hast. Danke für das Leben. Sie sind auf dem Gang aneinandergeraten, haben gerauft, einander gegen die Wand geschlagen, mein Bruder hat geschrien: *Ich werde auf dein Grab pissen! Ich werde auf dein Grab pissen!* Ich weiß nicht, was schlimmer ist: wenn dich der Vater verlässt, noch bevor du geboren wirst, oder wenn er dich langsam verlässt, quasi auf Raten, jeden Tag ein bisschen mehr, als würde er dir das Blut vergiften, jeden Tag ein bisschen, während er noch immer abwesend an deiner Seite steht. Ich weiß nicht, was schlimmer ist, und ich weiß nicht, wie man das ermessen kann. Es gibt aber nur eine Wahrheit, wir alle haben Väter. Und der können wir nicht entkommen.

12.

Einmal habe ich mir Bonbons gekauft. Hart und süß. Orange und Zitrone. Sie waren groß wie Mantelknöpfe, dick, mit dem Bild einer quer durchgeschnittenen Zitrusfrucht auf der Einwickelfolie. Ich lag auf dem Bett. Träge wickelte ich sie aus und steckte sie mir in den Mund. Beim fünften oder sechsten hob ich die Hände übers Gesicht und spielte mit einem, drehte es zwischen Daumen und Zeigefinger und wickelte es schließlich aus seinem durchsichtigen Zellophan. Und dann fiel das Bonbon mit voller Wucht auf mein linkes Auge. Es brannte. Es schmerzte. Und dann sah ich nichts mehr. Es war Sommer. *Es ist Sommer, es ist noch immer Sommer. Ich warte jeden Tag darauf, dass der August in den Herbst hinein auströpfelt. Dass diese Zeit vorübergeht. Ich bin nicht in den Urlaub gefahren. Auch dieses Jahr nicht. Das Camping habe ich abgesagt. Ich habe die Vorhänge vors Fenster gezogen und spaziere nackt durch das Zuhause des jungen Mädchens. Ich habe jedes Stück Kleidung von mir geworfen, ich will nicht mehr, dass mich irgendetwas einbindet. Ich habe mir die schwindelerregendste Reise zusammengestellt, die es gibt. Eine Reise durch die Zeit. Auch dieses Mal gibst du eine Runde aus, wie immer.*

Du hebst in der Kneipe treuherzig die Hand und sagst: Ich zahle für die ganze Gesellschaft! Und im Grunde gefällt mir deine männliche Eitelkeit, wenn ich ehrlich bin. Ich tue nur so, als gefiele sie mir nicht. Es war Sommer. Die Sonne versank hinter dem Zinnenkranz der Mauer. Wir beide waren allein zu Hause. Du wusstest nicht, was du mir anziehen solltest. Es gab nicht viel zur Auswahl. Auf die Schnelle entschiedest du dich für ein gestreiftes Matrosenhemd und einen dunkelblauen Rock. Ich sah darin noch verlorener aus als sonst. Verloren und plump. Wie ein verwahrlostes Boot auf dem Trockenen, auf prekären Lagerböcken abgelegt. Und die Achse des Schiffs fällt durch ihr eigenes Gewicht zusammen, wenn die Lager nicht richtig befestigt sind, das weiß jeder Seemann. Du brachtest mich ins Krankenhaus. Die Ärztin, eine Bekannte von dir, empfing uns in ihrem Sprechzimmer, setzte mich hinter einen riesigen Apparat, und ich musste auf einen Punkt schauen, ins Licht. Ich hatte mir angeblich die Lederhaut zerkratzt. Ich hatte Glück, dass mir das Bonbon nicht mitten ins Auge gefallen war. Ich hätte erblinden können. Du hast gelacht, mit der Kollegin gescherzt. Hast gesagt, was für ein Glück, dass sich das abgebrochene Stück Bonbon in den Tränen aufgelöst hat. Du bist wichtig, als du sagst: *Guten Tag, Frau Kollegin, meine Tochter hat sich verletzt.* Das sagst du mit einem Lächeln, denn es ist etwas Bedeutsames passiert, was dir Macht verleihen wird. Die Macht, dass die Dame in dir einen guten und fürsorglichen Vater sehen wird? Einen vollendeten Mann, der in der Lage ist, für seine Nachkommen zu sorgen? Einen Jäger, der in der Lage ist, Wild zu erlegen und den ganzen Stamm zu ernähren? Ihr lächelt euch an. *Meine Tochter ist verletzt. Wie schön, nicht wahr? Und ihre Verletztheit macht mich zum Mann.* Wenn ich verletzt bin und Hilfe brauche, werde ich dann geliebt? Nur dann, wenn mir etwas fehlt? Wie wäre es, ihn nur einmal sagen zu hören: Meine Tochter ist gesund, schön und klug, und ich habe sie genauso lieb, wenn sie krank ist. Was für ein Witz ist das, Vater? Womit brüstest du dich? Nutzt du meinen Schmerz für einen hohlen Flirt? Ich saß auf dem kalten Drehstuhl aus Stahl. Die Sonne war so angenehm orange, wie ein riesiges Bonbon, das sich langsam am Horizont niederließ. Süß und beruhigt glitt es durch meine Kehle nach innen, in die Brust, ins Herz. Und breitete sich aus, süß in der salzigen Unendlichkeit des Meeres. Wie das Bruchstückchen in den Tränen. Aber wie auch immer, diese Erinnerung ist wie das süße Bruchstück in den Tränen. Du nahmst mich an die Hand. *Die kleine Verletzte.* An diesem Tag schrieb ich ungelenk auf einen hölzernen Kleiderbügel *»Für Maja, wenn sie krank ist!«* und hängte meinen Morgenmantel daran auf. Endlich hattest du dich mit mir beschäftigt. Wie damals, als du mich auf deinen Schultern über den hölzernen Steg in das Museum »Partisanenlazarett Franja« trugst. *Und oben sind die Verletzten, Papa? Nein, oben sind die*

Helden. Aha, also ist Heldsein zwingend mit Leiden verbunden. Ein Soldat der jugoslawischen Volksarmee, der seinen Dienst offenbar abgeleistet hat, erscheint auf dem hölzernen Steg. *Schau, ein Held!,* schreie ich und sage zugleich *Der Arme! Der Arme?,* fragt mein Vater. *Ja, der Arme, weil er leidet. Helden leiden.* Sie verbanden mir das Auge, bedeckten es mit weißer Gaze. Ein paar Wochen blieb ich so, ohne linkes Auge. Damit es heilte. *Weiße Gaze auf deinen Augen. Eine weiße Kunststoffbinde um den Kiefer, bevor der Leichnam erstarrt. Du bist kein Held mehr, du leidest nicht mehr. Du bist nur noch ein Vater, ein toter Vater. Ein weißer Plastikkittel über deinem verstummten Körper. Es gibt Fabriken, die Konfektionen für Tote herstellen, schießt es mir durch den Kopf, und Schränke, in die sie das Totengewand legen. Was ist der Tote für einer?* S, M, L, XL, XXL. *Wie viel Raum nimmt er in der Sterblichkeit ein? Weiße Gaze auf meinem Auge. Ich wäre beinahe erblindet. Himmlische Scheuklappen auf deinen toten Lidern.* Die Möwen schrien. *Sehend werden. Sehend werden. Schauen und auch sehen. Und es sich merken, damit wir es dann vergessen können.* Die Zeit steht still in diesem Sommer, in dem ich vorsichtig, mit der Gaze über dem Auge, in deiner Begleitung die ersten Schritte versuche.

13.

Ich weiß nicht, was ich fühle. Fühle ich überhaupt etwas? Ich streiche mit meiner rechten Hand über meinen Körper. Ist er noch da? Ist es meiner? In welcher Zeit ist er stehen geblieben? Sind das meine Brüste? Meine Schenkel, meine Genitalien? Meine Hand wandert langsam von der Taille zu den Hüften. Eine unruhige Hand. Sie öffnet den Schrank. Geruch von Naphthalin schlägt mir entgegen. Ein Geruch. Also bin ich da. Ich nehme wahr. Und dann der Umriss des dunkelgrauen Kleids unter Folie, das noch immer auf mich wartet. Es ist noch immer da, es ist wie immer. Maßgeschneidert. Meins. Ein Trauerkleid. Und jedes Mal, wenn ich zurückkomme, wenn ich in mein erstes Haus zurückkehre, fürchte ich, dass ich nicht mehr hineinpasse. Dass ich aus ihm herausgewachsen bin und du deshalb böse auf mich sein wirst. Also bemühe ich mich, die Maße zu halten, die uns beide bestimmt haben. Nicht zu viel, niemals zu viel: maßvoll, dunkelgrau, streng und lang, bis zum Boden, damit ich mich darunter verstecken kann. Ich nehme es vom Kleiderbügel und ziehe es mir über den Kopf. Es sitzt weich auf meinen runden Hüften und ich wundere mich, dass es mir noch immer passt. Ich kann mich noch immer hineinzwängen. Mich überkommt ein ungewöhnliches Glücksgefühl. Ich schwebe darin. *Ich bin noch hier, Vater, ich bin immer noch hier! Lässig im Trauerkleid!* Ich hänge es wieder auf den hölzernen Kleiderbügel und nehme aus dem Augenwinkel kaum sichtbare Buchstaben darauf wahr. Sie sind mit den Jahren verblasst. *»Für Maja, wenn sie krank ist!«* Natürlich, klar, die Kinderhandschrift verblasst. Die Ungelenkigkeit wird von Schichten scheinbar erwachsener Selbstverständlichkeit verdeckt. Ich versuche, sie zu entziffern. Ich trete näher heran, beuge mich in den Kleiderschrank hinein. Jetzt schlägt mir der beißende Geruch von Naphthalin und Staub noch heftiger entgegen. Ich greife nach dem Metallhaken, der die Querstange zum Aufhängen umfasst, ich möchte das Kleid gern an seinen alten Platz hängen. Und dann, dann halte ich auf einmal nicht mehr das Kleid in der Hand, sondern einen schwarzen, schweren Kopf mit welken Wangen. Sie ist es, tot, tot und weich, zu meiner Verfügung. *Jederzeit, nur wenn du es willst, bin ich da!* Sie legt ein stummes Zeugnis ab, sie flüstert, lockt mich, sie anzuziehen, beeilt sich zu erklären mit geschlossenen Augen, verwitterten Wangen, dunkel und schön. Sie beharrt darauf, dass ich sie erhalte, nähre, für immer tot halte. *Komm irgendwann noch einmal, zieh dich aus und zieh mich an. Tot bist du so schön! Tot bist du so schön!* Ich fahre zusammen. Ich schreie. Nein, nein!

Das kann nicht wahr sein! Es ist nur ein Kleiderbügel! *Ein hölzerner Kleiderbügel für mich, wenn ich krank bin!* Ich taste die Türflügel des Kleiderschranks ab, meine Finger greifen ins Leere, um sie zu schließen, ich setze eine klare Grenze zwischen mir und mir, ich versuche, sie zu festzulegen: Bis hierhin darfst du und keinesfalls weiter! Doch ich spüre, dass sie aufwachen wird, erahne ihre grünen Augen, die ihren Strahl auf mich richten, mich mit Leben durchschießen werden. Sie zwingen mich zu erkennen, doch ich schlage noch immer um mich, trete ins Leere, schwere eisige Hände fallen von dem Kleiderbügel auf meine Schultern, hängen nackt herunter, verheddern sich in meinen Haaren. Nein! Nein! Nein! Genug! Ist er noch da? Ist es meiner? Ist dieser Körper noch meiner? Ein Schlag. Ende. Und dann Übelkeit und Erbrechen. Endloses Erbrechen. Das Erbrechen endloser Jahre.

14.

Ich weiß, warum ich all das tue. Klar wie der lichte Tag ist es mir. Ich schreibe Wahrheiten, Teilwahrheiten, Lügen auf. Ich provoziere mich. Ich provoziere dich. Damit du aufwachst und sagst, dass es nicht ganz so war. *Ich war dabei. Ich weiß genau, wie es war,* würdest du sagen. Warst du? Warst du wirklich dabei? Und wo war ich dann, wenn ich immer wieder mir schon längst angeeigneten Stoff wiederholen muss? Ich nehme Korrekturen vor, Korrekturen von Korrekturen. Ich kann auf keinen Fall die Reifeprüfung machen. Nach der Beerdigung erfuhr ich eine Neuigkeit, naja, eigentlich zwei. Die erste war, dass du noch einmal geheiratet hattest. Nicht einmal das hast du mir anvertraut? Und die zweite, dass du nur eins bereutest. Und zwar, dass deine Tochter kein Diplom gemacht hat. Worin hätte ich denn ein Diplom machen sollen, Vater? In Sprachen? Du hast zu oft versucht, mich zum Schweigen zu bringen, so viel Unerwünschtes habe ich ausgesprochen. Wie wäre das erst gewesen, wenn ich ein Diplom in Sprachen gehabt hätte. Oder vielleicht ein Schauspieldiplom? Siehst du, das habe ich. Ich bin diplomierte Schauspielerin. Und wieder muss ich dich enttäuschen. Mein Spiel beruhte immer auf der Technik der Entblößung. Vielleicht habe ich mir irgendwann gewünscht zu entkommen. Vielleicht war das mein erster Impuls. Aber ich bin immer wieder auf festem Boden gelandet. Je mehr ich verdeckt habe, desto mehr habe ich mich entblößt.

15.

Du hast mir gegenüber nie mehr das Licht erwähnt. Und eingeschaltet hast du es auch nicht. Ich lag stundenlang im Zimmer und las alles Mögliche. Deine Kriegsromane und den sonstigen Schund, Ärzteromane, die man über »Welt der Bücher« bestellen konnte. Und als ich deine gesamte Bibliothek mit allen Büchern von Erich Maria Remarque durchgelesen hatte, fing ich mit der Schulbibliothek an. Es war schon fast kein Licht mehr da, und ich starrte auf die Janitscharen, die Jungs vom Fluss Sotla, die Gymnasiastinnen und begab mich auf die abenteuerlichen Unternehmungen der Blauen Möwe und der Geheimgesellschaft PGC. Du hast nur ein einziges Mal die Tür geöffnet und mir das Licht eingeschaltet. Ein einziges Mal, dann nie wieder. So habe ich mir die Augen verdorben. Eine Brille bekam ich erst viel später. Irgendwann während des Studiums. Der Optiker herrschte mich an, wie es bloß möglich sei, dass meine Eltern nicht schon viel früher bemerkt hätten, dass ich die Welt wie eine Betrunkene wahrnahm. Ich wusste nicht, worauf er hinauswollte. Er erklärte mir, ich hätte einen unmöglich hohen Grad von Astigmatismus. Er könne nicht begreifen, dass meine Eltern das nicht schon früher bemerkt hätten. Was bemerkt? Dass ich den Mond als Ellipse sehe? Dass ich mich selbst größer und schmaler sehe, als ich in Wirklichkeit bin? Dass alles, was sich um mich herum bewegt, in die Länge tendiert? Dass alles nach oben ragt, sich streckt, nach etwas strebt, geradezu fliegt, versucht, sich von den Rundungen zu lösen, von der Trivialität, von der alltäglichen Niedergeschlagenheit? Wie ich an diesem Tag die Augen aufriss. Ich begriff, oder besser, ich musste begreifen und akzeptieren, dass alles, was ich bis dahin gesehen hatte, nur ein *verzerrtes Abbild* war, und nicht einmal als Folge einer Entscheidung meines Herzens und meines Verstands, sondern eines gewöhnlichen körperlichen Defekts, einer verfluchten, prosaischen körperlichen Abweichung wegen. Einer Ausbuchtung des Augapfels, die eigenwillig, ohne sich vorher mit mir abzusprechen, das Licht brach und es so, wie es ihr beliebte, in das Sehzentrum meines Gehirns schickte. Sodass alles, was ich bislang gesehen, wahrgenommen und entschieden hatte, einer physikalischen, biologischen Gesetzmäßigkeit unterlag, die über alle sonstigen spekulativen Erklärungen hinausging. Und so suchte ich mir eine Brille aus. An dem Tag warst du dabei. Auch dort hattest du, wie an so manch anderem Ort, eine *namhafte* Bekanntschaft. Du halfst mir bei der Auswahl des Gestells. Mein erstes Brillengestell, durch das ich endlich die wahre Form der Welt erblicken würde. *Die Feuerstelle im goldenen Rahmen. Dein Name im Rahmen. Mein Vater, endlich eingerahmt. Der am Sarg nachlässig befestigte Zettel, auf dem PC getippt, ausgedruckt, wie banal. Innerhalb weniger Sekunden eine definitive Diagnose: Geburtstag, Todestag, Tag der Abfahrt ins Krematorium, Tag der Rückkehr in der Urne. Adresse, Rechnungsempfänger. Niemand wird irgendjemandem irgendetwas schuldig bleiben. Das steht auf dem Papier, das mit einem gewöhnlichen Reißnagel nachlässig am Deckel deines Sargs befestigt ist. Schwarz umrahmt, um jeden Irrtum auszuschließen. Wir sprechen hier von einem Begräbnis.* Ich erinnere mich an das Unbehagen vor dem Spiegel. Nein, das war nichts für mich. Jeder Rahmen war mir fremd. Alles war zu klein für mein zu breites Gesicht, das sich über meine Gedanken ausbreiten wollte, zu klein für meine zu breiten Schultern, die in verträumten Umarmungen versanken, zu klein für meine zu breiten Hüften, meinen zu breiten Hintern, meine zu große Nase, meinen zu kleinen Mund, die zu nichtigen Brüste, zu langen, schmalen Beine, die niemals jemand lieben dürften. Dann sah ich es. Dunkel, mit weißen und schwarzen Flecken, an den Rändern ein wenig angehoben und in Mandelform gezogen. *Dieses schlangenartige?*, fragtest du verwundert. *Ja, dieses schlangenartige,* antwortete ich. Du lächeltest und klopftest mir auf die Schulter: *Meine kleine Intellektuelle. Im Keller ist eine Schlange, eine giftige und lange!*, kreischen wir Kinder. Mein Vater läuft hinaus, weiß nicht, was er tun soll. In den Keller, vielleicht sollte er in den Keller gehen, mutig mit einem Spaten in der Hand in den Keller gehen, *im Keller werden Giftschlangen erschlagen. Traust du dich in den Keller, um unsere Vergangenheit aufzuräumen? Eine Schlange, die sich häutet, eine Schlange, die tötet, eine Schlange, die heilt.* Nein, du trautest dich nicht. Der Nachbar musste das erledigen. Er nahm den Spaten, ging die Betontreppe in den Keller hinunter, und es war ein Kratzen auf Stein zu hören, ein Schaben, ein Zischen, ein mehrmaliges Schlagen, als herrschte im Keller Durchzug, ein hohles Schimpfen. Und dann Stille. Der Nachbar kommt mit der halbierten Schlange auf dem Spaten zurück. Und du kaufst mir ein Brillengestell. Dieses schlangenartige. Von dem Tag an trug ich nur noch Schwarz. *Deine kleine Intellektuelle. Die kleine Intellektuelle auf der Beerdigung. Ganz in Schwarz. Ganz in Schwarz.* Als ich mit der Brille auf die Straße trat, warst du nicht mehr bei mir. Du warst verdampft. Oder bin ich schon wieder ungerecht und erinnere mich nur nicht daran, dass du an meiner Seite warst. Die Welt näherte sich mir in einem wilden, strudelnden Beben. Der Boden hob sich bis zu meinen Knien, die Füße wussten nicht mehr, wie oft und ob und wann sie sich heben sollten. Die Häuser bewegten sich auf meine Wangen zu, Vögel fielen direkt auf meine Stirn und Übelkeit, ja, Übelkeit überfiel mich, Übelkeit wegen der Klarheit der Konturen der Welt, die ich mir erneut aneignen musste.

Diese Alltäglichkeit und Vergänglichkeit. Diese Allgemeinheit der Welt. In der Zwischenzeit vermehrten sich die Schlangennester in deinem Unterdeck. Du schufst immer verwickeltere *klopke* und *klobčiče*, Fallen und Knäuel. Und ich glaube, du tatst das unbewusst. Doch ich dachte noch weiter. Und tat nichts anderes. Ich versuchte, immer mehr zu denken und mich der Welt durch astigmatische und kurzsichtige Linsen anzunähern. Aber es gab keinen Nachbarn, der für dich in den Keller gegangen und mit dem Spaten laufend tote Schlangen heraufgebracht hätte. Tote Schlangen aus dem Keller ans Licht. Niemanden gab es. *Mein Vater denkt wie ich, mein Vater hat dieselbe Meinung wie ich.* Bis mich die Erkenntnis zerschmettert, dass es nicht wirklich so ist. Ich versuche, mit ihm zu sprechen, zu debattieren, aber ich stelle immer wieder fest, dass mein Vater dem nicht gewachsen ist. Wem nicht gewachsen? Meinem Wissen? Meinem übertriebenen analytischen Verstand? Meinem endlosen Wühlen und Suchen nach Antworten? Ich habe mir so sehr gewünscht, mein Vater möge ein Weiser sein. Mein Professor, der mich zum Nachdenken anregt. Der mir gute Literatur, Bücher, Filme vorschlagen kann. Aber mein Vater hat angehalten. Er hat sich irgendwo verankert und will nicht weiter. Wie weh das tut. Mein Vater, der Marschall, ist stehen geblieben. Mitten auf dem hölzernen Steg hat er mich auf fremde Schultern gesetzt. *Ab hier musst du allein weiter. Geh. Ich kann mir keine weiteren Fragen stellen. Ich will nicht. Ich habe mir einen Übungsplatz zugelegt, über den ich ruhig spazieren kann.* Es gibt nur eine gültige Gleichung, man lernt sie auswendig und macht sie bis zum Ende geltend, wiederholt sie. Alles, was über ihre Gesetzmäßigkeit hinausgeht, muss entfernt werden oder entfernt sich. Geh und komm nicht zurück. Geh, du bist doch Brigadierin, du bist doch Pionierin. Finde dich zurecht. Werde erwachsen. Ich bin vier Jahre alt. Wir sind am Strand. Er schickt mich zum Eisholen. Allein über den aufgeheizten Strand. Allein? Allein oder schon selbstständig? Ich habe Angst, aber ich muss gehen. Ich muss allein gehen. Schon damals sagt er zu mir: Geh, du bist ein großes Mädchen, verantwortungsvoll, du kannst das allein. *Und ich darf ihn nicht enttäuschen.* Das treibt mich an. Aber ich habe Angst. Das gebe ich zu. Ich bin wütend auf ihn, noch heute, wenn ich daran denke. Er hat ein so kleines Mädchen davon überzeugt, dass es das kann. Doch ich brauchte Anleitung und eine Umarmung. In den Händen ein Eis. Geschmolzen. Meine Händchen waren zu klein für ein solches Unterfangen. Ein Mädchen in Badehosen, ohne Taschen. In der einen Hand halte ich die Waffel, ausgepackt und mit geschmolzenem Eis, in der anderen das Wechselgeld. Zu wenig Wechselgeld. Sie haben mich betrogen, die große Marschiererin, die Kämpferin für Rechte, die Wohltäterin. Ich konnte mich nicht wehren. Ich ging zurück und fragte ihn Dinge, die er vergessen wollte. *Papa, was muss man tun, um stark zu werden, um sich bei den einsamen Eroberungen der Welt mehr Macht zu verschaffen? Muss ich wirklich durch die Wüste, muss ich Einsiedlerin werden?* Ich ging zurück und bat ihn, diese Missverständnisse ein für alle Mal zu regeln. Wer ist wer? Bist du mein Vater? Bin ich deine Tochter? Wie anstrengend muss es gewesen sein, mir in die Augen zu sehen, die ständig voller Fragen waren. Wie anstrengend muss die Ehe mit meiner Mutter gewesen sein. Wie anstrengend kann eine Ehe für einen Menschen sein, der mit jemandem keine Fortschritte mehr machen kann, der sich wie ein Hundertmeterläufer immer wieder in der Startposition befindet und Tag für Tag die Freuden dieser Existenz neu entdeckt. Aber auch die Herausforderungen, denen man sich stellen muss. Mein Vater wollte sich nicht stellen. Er konnte nicht. Er liebte meine Mutter, das weiß ich, und deshalb konnte er nie mit ihr abschließen. Er kehrte immer wieder zu ihr zurück, konnte ganze fünfzehn Jahre lang die Scheidungspapiere nicht unterschreiben. Mein Vater, der alles anfing, alles mit Leidenschaft, und der nichts zu Ende brachte. Er brauchte Ruhe. Eine Pause. Abstand. *(Hat er wirklich geliebt? Oder bilde ich mir das nur ein? Vielleicht handelte es sich um eine krankhafte Verbindung durch Schuld, die ebenso narkotisch wirkt wie große Emotionen. Ging er weg, weil er nicht ertrug, dass er die Zuwendung seiner Gattin zu teilen hatte mit zwei Kindern? Waren mein Bruder und ich an seinem Weggehen schuld? Wie kann ein Kind bloß schuldig sein? Seine letzte Frau, jetzt Witwe, sagte, wir seien unmöglich gewesen. Unmöglich inwiefern, Vater? Insofern als wir Fragen stellten, auf die du nicht zu antworten wusstest, nicht antworten wolltest? Wie kann ein Kind unmöglich sein? Und wenn es unmöglich ist, warum ist es so?)* Mein Vater hatte einen neuen Weg gewählt. Ich weiß nicht, ob er besser war, zweifellos jedoch leichter. Und so hatte er sich eine falsche Sicherheit geschaffen. Eine Sicherheit, in der alles klar abgesteckt war, festgelegt, ohne Zweifel, ohne Hindernisse, ohne Schwierigkeiten. Ein solches Umfeld hat er sich ausgesucht. Ein Umfeld, in dem die Geschäfte klar waren. Du gibst mir, ich gebe dir. Der Austausch ist genau geregelt. Er heiratete in eine Familie ein, die bereits Nachkommen hatte, Erwachsene, die bereits Enkel hatten. Alle waren versorgt. Und schließlich, wer würde darauf warten, dass seine Tochter ihm einen Enkel heimbringt, wer würde darauf warten, dass sein Sohn vernünftig wird und ihm seine Braut vorstellt? So war es leichter, irgendwohin fortzugehen, wo die Konfektion schon parat war. S, M, L, XL, XXL. Zwischengrößen gab es nicht. Er ging dorthin, wo alles sauber war, überschaubar, wo die Häuser eingerichtet waren, die Autos poliert, wo es immer um dieselbe Zeit Mittagessen gab, das Bankkonto gut gefüllt und beruhigend wie ein Joint, wo keine Fragen und keine Antworten laut wurden, nur Befehle und deren Ausführung, wo es keinen Raum gab für Zweifel, denn an seiner Stelle parkte ein schwerer Lastwagen, ein Sattelschlepper, mit der Fracht neuer *Was-können-wir-noch-kaufen-bekommen-essen-uns-schnappen.* Mein Vater denkt wie ich, mein Vater und ich sind derselben Meinung. Bis mich die Erkenntnis fertigmacht, dass dem nicht wirklich so ist. Ich weiß nicht, wie ich das hinnehmen soll, wenn überhaupt. Ich kann es nicht hinnehmen. Es schmerzt, es überrascht mich, das Denken trennt uns, aber das Blut vereint. *Das Denken trennt, das Blut vereint.* Kann man einen Andersdenkenden lieben? Mit jemandem nicht einer Meinung sein und ihn dennoch lieben? Eine Antwort ist nicht nötig. Sie wäre zu banal. Es ist so offensichtlich. Jetzt, da du nicht mehr da bist.

16.

Als ich keuchend oben auf dem Berg ankam, durchgeschwitzt und mit schmerzender Wirbelsäule, musste ich anhalten. Um wieder Luft zu kriegen, und obendrein war der Weg versperrt. Ich konnte nicht weiter. Ich musste hinausgehen, um in diesem Haus nicht mehr allein zu sein, allein beim Suchen und Durchkauen. Raus. In die Natur. Du hattest keine Beziehung zu deinem Körper, Vater. Nie Gymnastik, keine Spur von sportlicher Betätigung. Schwimmen? Habe ich mir selbst beigebracht. Zuerst mit zwei Schwimmflügeln, dann mit einem weniger, dann mit Flossen. Ein paar Tage planschte ich im Seichten herum, dann begann ich zu schwimmen. Du konntest gut schwimmen, kraulen, aber mir ist es bis heute nicht gelungen, mich unter die Meeresoberfläche zu begeben. Radfahren? Begraben unter dem Gewicht deiner Kindheit. Aus dem Grund hatte ich lange Zeit keine Trainingsanzüge, keine für eine Bergwanderung geeignete Kleidung, keine Schuhe mit verstärkten Sohlen. Wie interessant. Du hast es immer verstanden, dir die besten Schuhe zu kaufen, aus Leder, weich, aber du hast nie gesehen, dass ich starke Hohlfüße hatte, sogenannte chinesische Füße, die nur mit den Kanten den Boden berührten und in der Mitte nach oben gewölbt waren. Als wollte ich nicht auf festen Boden treten. Ich ging auf den Berg. Und dann blieb ich stehen. Sie waren Gott weiß woher gekommen. Eine ganze Gruppe. Pferde mit kleinen Mädchen in den Sätteln. Es stampfte in der Stille, Zweige raschelten im leichten Wind. Von Zeit zu Zeit kullerte ein Stückchen Schotter über die sonnenbeschienene Seite des Bergs, hüpfte eine schwarze Amsel im Gebüsch herum. Sie waren so klein, in rosafarbenen und blauen Trainingsanzügen, mit hübschen bunten Helmen, rotwangig, mit Stiefelchen, wie man sie nur in den schillerndsten Märchen findet. Die Pferde, schwarz, weiß, muskulös, urwüchsig, setzten gehorsam und elegant einen Huf vor den anderen. Sie gingen in gleichmäßigem Rhythmus hinunter ins Tal. An ihren Flanken Väter. Bei jedem Pferd ein Vater, bei jedem Vater eine Tochter. Ruhig und konzentriert hielten sie die Zügel. Von Zeit zu Zeit ließen sie den Blick zu ihren Töchterchen schweifen, die sich ruhig in den Sätteln wiegten, und hefteten ihre Augen dann wieder auf die Straße, weit nach vorn, als wollten sie das Auftauchen eines jeden möglichen Autos oder von was auch immer vorhersehen. In leiser, geordneter Zurückhaltung gaben sie nicht einmal stillschweigende Unterstützung. Der Zug bewegte sich langsam, stolz, aber zugleich alltäglich und selbstverständlich. Die Mädchen ragten aus den Sätteln empor.

Ein junger Vater versucht, das Pferd seiner Tochter auszurichten, doch sie bedeutet ihm, wegzugehen. Sie hält die Zügel selber fest, zieht sie zu sich, sanft, aber bestimmt, und der Vater geht weg. Wie freundlich sie miteinander ausgemacht haben, wie weit ihre Zusammenarbeit gehen darf. Wenn ich jetzt über alle Wünsche nachdenke, die mich als Kind erfüllt haben, aber auch später: dass wir uns öfter treffen, dass wir miteinander reden, uns kennenlernen, erschüttert mich die Erkenntnis, dass ich dich im Wesentlichen irgendwie insgeheim abgelehnt habe. Oder gar, dass ich mir deine Nähe überhaupt nicht gewünscht habe. Ich stand neben dem Laufband eines Sushi-Restaurants und sah zu, wie die Teller mit den verschiedenen Speisen vorbeifuhren. Immer wieder ein und dieselben. Ich wollte sie alle, ich hätte gern alles probiert, aber ich wählte nur das aus, was mir im gegebenen Augenblick am meisten zusagte. Vielleicht etwas, das am wenigsten schmerzen würde. Was mir in dem Moment am genießbarsten vorkam. Was meine Version dieser wunderlichen Geschichte am ehesten bestätigen würde. Doch so sehr ich mich auch bemühe, ich werde niemals alles essen können. Es ist zu viel von allem. Und manches davon ist so *roh*. Und wie ich so vor dieser aufgezeichneten Linie deines Lebens stehe, die zurückläuft, in den Kreisbahnen kleiner Mahlzeiten, in Achten oder Ellipsen, Tag für Tag, ich weiß ja nicht, Tag für Tag deines Lebens, in das ich mich von Zeit zu Zeit eingehängt habe, denke ich mir, wie unverschämt, im Grunde ungerecht, das Suchen und Antworten in einem Monolog doch ist. Wir müssten mindestens zwei sein, damit ich einen Dialog schreiben könnte. Und im Dialog nehmen die Dinge eine andere Wendung. Deine Geschichte ist vielleicht anders. Und so wäre es möglicherweise auch richtig. Warum hast du mich nur dann gesucht, wenn es dir schlecht ging? Du hast gerufen und tief Luft geholt. Auf die Frage *Vatilein, wie geht es dir?* hast du geantwortet *schlecht.* Das rührte mich, wie immer. Warum rufst du mich nicht eines schönen Tages an, wenn die Sonne im Zenith steht, und sagst zu mir, mir geht es gut, ich laufe, ich spiele Golf, ich bewege Welten in mir, ich schaue ins Weltall, zähle die Sterne und dann denke ich an dich. Wo sind die zweiundzwanzig Jahre, in denen wir nicht mehr zusammengelebt haben? Was hast du in all den Jahren gemacht? Ich hoffe, dass es dir auch gut ging. Zweifellos ging es dir gut. Ich weiß von endlosen Reisen, von Urlauben mit Schiffen, Ozeandampfern, von Kreuzfahrten, Bergwanderungen. Ich weiß von alledem, Vater, von all den Urlauben, zu denen du mich nicht eingeladen hast. Auf deine alten Tage hast du ein Album von diesen Reisen zusammengestellt. Unsere Fotos hingegen sind noch heute über alle Schubladen meiner Kindheit verstreut. Nein, du hast nur dann an mich gedacht, wenn du dich beklagen wolltest, wie schlecht es dir geht. Und denk nicht, Vater, dass ich dir das vorwerfe. Nein, ich bin ja genauso. Wenn du wüsstest, wie viele Freunde mir zur Seite stehen, solche, die mich einzeln zu Kursen, Therapien, Beratungen einladen. Immer und ausschließlich unter vier Augen. Zu Premieren, Geburtstagen, Hochzeiten, Feiern – niemals. Ich muss direkt darüber lachen, mit welch mimetischer Perfektion ich deine Rolle übernommen habe. Held ist gleich Leiden. Heldin ist gleich Ablehnung. Ich stehe in einem Kaufhaus, in der Abteilung mit dem Toilettenpapier. Ich schaue und wähle aus, welches das beste wäre. Das weichste für diese intimen Momente. Dann klingelt das Telefon. Wieder und wieder. Ich starre auf das Display. Dein Name. Ich stehe vor einem Scheiterhaufen von Toilettenpapier, der niemals alle Unverdaulichkeiten wegwischen kann, die ich in mir trage. In diesem Augenblick fühle ich mich wie Jauche, wie ein Kanalrohr, durch das nur Scheiße fließt. Und dann sage ich, fasse ich allen Mut zusammen und sage ich: *Nun werd schon erwachsen, Vater. Ich kann dir nicht helfen, ich kann dir dein verschwendetes Leben nicht zurückgeben, ich kann dich nicht heilen, ich besitze keine übernatürlichen Kräfte, ich bin keine Hexe, ich bin keine gute Fee, ich kann nicht und letztendlich will ich auch nicht mehr.* Stille. Du antwortest nicht. Die Wand aus Toilettenpapier löst sich auf, ich spüre, wie eine Meereswelle über mich schwappt, wie wenn die Kette über dem Spülkasten klirrt und in einem Tsunami alles wegspült, was sich zu lange im Gefäßsystem angesammelt hat. *Nimm es an und bezahl. Bezahl selbst. Lass mich da raus. Zieh mich nicht in deine Krankheit mit hinein.* Er musste es wissen. Ein paar Tage danach ruft er mich wieder an und fragt mich, warum ihn keiner liebt. *Keiner liebt mich.* Ich stehe am Fenster. Aber das Fenster ist nicht mehr da, alle Fenster dieser Welt sind zu Scherben zerfallen. Die Verglasung fällt auf mich, fällt um mich herum, wie unkontrolliert die Scherben in meine Welt fallen. Wie blind bist du, dass du nichts empfinden kannst? Alle Briefe, die ich dir geschickt habe, alle Bitten, meine, die meines Bruders. Ist es möglich, dass sie dein Herz nicht erreicht haben? Und du sagst zu mir, keiner liebt mich? Du bist wie ein Kind im Kunstunterricht, das ein Kompliment für ein Bild aus Wasserfarben einfordert. Du verkündest laut, wie hässlich es ist. *Nein, ist es nicht, ist es nicht. Es ist sehr schön. Wirklich schön. Du wirst mal ein großer und begabter Maler!* Die Verglasung fällt auf mich, fällt um mich herum, wie unkontrolliert doch die Scherben in meine Welt fallen. Doch mich kann nichts verletzen, stelle ich überrascht fest. Du kannst mich nicht mehr verletzen. Was für ein Segen ist das? Vater? Hörst du mich? Ich weiß, dass du mir nicht wehtun wolltest, ich weiß. Ich weiß es doch, aber es schmerzt, und es ist gut, es einmal zu sagen. Wie soll ich es dir sagen? Wie soll ich auf diese Frage antworten? Was erwartest du von mir? Dass ich dir sage, was Liebe ist? Ich beiße die Zähne zusammen.

Vom Zähne-Zusammenbeißen wird der Zahnschmelz weich. Es brennt. Bruchstückchen an den Rändern. Nur die Entfernung hat es mir damals unmöglich gemacht, dir eine Ohrfeige zu verpassen. Klatsch! Klatsch! *Und noch einmal, noch eine Ohrfeige. Na, du Schuft, na! Du hast es verdient, dass ich dich bis zur Ohnmacht ohrfeige. Na, noch einmal. Klatsch! Klatsch! Klatsch!, hallt es irgendwo zwischen den Fjorden wider.* Mein Vater braucht vielleicht zum ersten Mal in seinem Leben Hilfe. Mein Vater hat zum ersten Mal in seinem Leben, am Ende seines Lebens, vielleicht einen Monat, bevor sein Strom versiegte, zugegeben, etwas nicht zu wissen. *Bitte, hilf. Ich weiß nicht, wie man liebt. Ich auch nicht,* hauche ich in die Stille. Ich gehe ein paar Schritte vom Rand weg, um nicht in den alten Abgrund zu stürzen. Er ist so verführerisch und zieht einen an wie ein Magnet. *Ich auch nicht, Vater. Aber das ist nicht mehr wichtig. Weil es nie zu spät ist. Das Herz zu übergeben. An wen?,* fragt er. Und ich trete noch einen Schritt zurück. Oder vor. Ich erinnere mich nicht mehr. Nur an den Baum. Mein Blick trifft auf einen Baum. Oder der Baum macht auf sich aufmerksam. Ich weiß nicht, wer wen zuerst in diese Geschichte eingeladen hat. *An den Baum.* Sage ich. *Den Baum,* wiederholt er, wie ein Kind, ein kleines Kind, dem man die ersten Lektionen in Botanik und Dendrologie erklärt. *An den Baum,* wiederhole ich und füge hinzu: *Irgendwo wirst du wohl anfangen müssen, Vater.* Dann nehme ich die Zügel in die Hand. Sanft.

So sanft es geht. Und gebe ihm zu verstehen, dass er noch immer ruhig an meiner Seite gehen kann. Aber die Zügel sind meine. Nur meine, wie mein Im-Sattel-Sitzen inmitten des unendlichen Waldes.

17.

Wir stehen auf einem langen, kahlen Gang. Ich bin barfuß, wie im Märchen, und trage ein weißes Nachthemd. Und sie, die braune Hündin, neben mir. Mit offener Schnauze, ihr Speichel tropft auf das Linoleum. Es ist kalt. Die Füße ziehen sich zusammen. Ich schaue. Und warte. Ich warte darauf, dass deine Tür aufgeht. Dass sich der Fuß löst. Dass ich mich nach vorne stürze. Dass ich sage, sieh mich an, wie ich gehe, ich habe gehen gelernt. Sieh mich an, wie ich zu dir kommen kann. Aber damals warst du nicht da, ich weiß nicht, wo du warst. Ich weiß nicht, auf wen ich zugelaufen bin. Ich weiß nicht, auf wen ich mein ganzes Leben lang zulaufe. Mir war, als hätte ich aus dem Augenwinkel einen Schatten gesehen. Als hätte sich hinter der Glastür jemand bewegt. Und ich hielt mein Gleichgewicht. Noch ein bisschen, noch ein bisschen, bis dorthin, damit du siehst, damit der Schatten sieht, dass ich es kann, damit du hörst, dass ich es kann. Das Gleichgewicht halten. Ich berührte mit den Fingerchen die Scheibe. Auf der anderen Seite war niemand. Die Braune, die Hündin, kläffte. Kurz, sie wedelte mit dem Schwanz. Zufrieden. Sie belohnte mich mit einem

leichten Nicken des Kopfes, mit der Zunge, die aus dem Maul ragte. Ich wandte mich noch einmal zu der Glasscheibe und erblickte darin deine Silhouette.
Wie schnell, wie plötzlich ich gealtert bin.

18.

Ihr machtet euch auf den Weg ins Tal. Allein. Er wollte nicht, dass ich dabei bin. Er sagte, das seien Männerangelegenheiten. Gefährliche. Ich solle mir lieber die Zeit mit einem Buch vertreiben oder Blumen fürs Herbarium sammeln. Gerade einmal hundert Meter vom Haus entfernt hieltet ihr bereits an. Unterhalb der Karstwand, sodass es bis zu mir herüberhallte. Also kauerte ich mich hinter einen Felsen und lauschte der ungewöhnlichen Übung. *Bei halbautomatischen Pistolen drückt der Rückschlag das Schloss zurück. Klack. Dabei zieht er die Hülse aus dem Lager im Rohr und wirft sie aus. Zack! Beim Rücklauf des Schlosses spannt sich die Feder, die schließlich das Schloss nach vorne schiebt. Dabei drückt das Schloss die nächste Patrone aus dem Magazin in das Lager. Klick! Auch der Hammer wird gespannt und somit ist die Pistole bereit für den nächsten Schuss. Man muss nur auf den Abzug drücken. Bumm! Bumm, bumm! Stell dich gerade hin. Gerade, so ist es brav! Nicht den Kopf senken, nicht zögern, schießen! Komm schon, die Hand ganz ruhig halten. Noch mal. Bumm! Bumm! Bumm!* Im Gericht schlägt sie mit dem Hammer auf den Block. *Ich werde den Saal räumen lassen, ich warne Sie!*, zischt die

Richterin kühl. Ich sehe ihn, seine rechte Wange zuckt. Er saß auf der Bank, auf der für gewöhnlich die Zeugen sitzen. Mein Bruder. Damals, in jenem Herbst, im Tal unterhalb der Wand, war er nicht dabei, mein Bruder. Bei meinem Vater war der Sohn seines allerbesten Freundes. Mein Vater bevaterte die Söhne seiner Freunde. Auf der Beerdigung weinten sie vor seiner Urne, einer fiel sogar auf die Knie und schluchzte, bis sie ihn hochzogen und wegführten. Mein Vater war also für jemanden ein *Vater*. Wie schön, brav! Komm schon, die Hand ganz ruhig. Noch mal. Bumm! Bumm! Bumm! Was für ein schöner Schuss! Prima! Mein Bruder konnte nur ein entfernter Zeuge sein. Ein Zeuge des Verschwindens. Niemals Protagonist. Deshalb sitzt er an der Seite. Beobachtet. Wir stehen neben der Urne und nehmen Beileidsbekundungen entgegen. Und die Verachtung dafür, dass wir in ihm nie den Vater erkennen konnten. Undankbare Kinder. *Bitte nehmen Sie zu Protokoll, dass der Verstorbene im Besitz folgender Schusswaffen war: Reproduktion eines mittelalterlichen Vorderladers der Marke Dikar, Modell Kentucky, Kaliber 45, Glock 9 mm, Sig Sauer, Smith & Wesson, 45, P-38, Walter, Kleinkaliberpistole und Kleinkalibergewehr, Sturmgewehr Kalaschnikow AK-47, Revolver der Marke Sturm Ruger, Modell, GP100, Kaliber 357 MAC, Gaspistole Kaliber 6,35 mm, die der Black Lady aufs Haar gleicht, und eine Armbrustpistole, die er vor seinem Tod dem ehemaligen Vorsteher der Polizeistation geliehen hat, der sie bis heute nicht zurückgegeben hat.* Mein Gott, Vater, wovor hattest du Angst? Bis an die Zähne bewaffnet? Nackt, machtlos. Hilflos. Ich sehe, welche Plätze wir in der Sitzordnung einnehmen. Das Bankett anlässlich der Nachlassverhandlung. Die Tochter gegenüber der Witwe, die nicht meine Mutter ist. Die Witwe, deine Witwe, Vater, die mit deiner Tochter konkurriert. Sie gönnt ihr nicht einmal den Pflichtteil. Mit dem, was ich bekäme, könnte ich dir genau zehn Grabkerzen kaufen. Aber nein, sie zieht Papiere aus ihrer Tasche und versucht zu beweisen, dass du mir zu Lebzeiten schon zu oft Geschenke gemacht hast, als dass mir nach deinem Tod überhaupt noch etwas zustünde. Hast du mich zu reich beschenkt, Vater? Sie beharrt darauf, dass ich nichts wert sei, weil ich keine Kinder habe, und dass Frauen, die kein Kind geboren haben, nach dem Tod ihres Vaters keine Geschenke verdienen. Bumm! Bumm! Bumm! Ich sehe sie an, deine Abwesenheit hat sie altern lassen. Hast du sie auch angelogen? Hast du vor ihr auch das Opfer gespielt und erklärt, wir hätten dich verlassen? So wie du bei uns manchmal gejammert hast, dass sie dich nicht versteht. *Eigenhändig unterschrieben, ohne Zwang, Drohungen oder Hintergedanken, erkläre ich freiwillig im Vollbesitz meiner geistigen Kräfte, dass meine Gattin nach meinem Tod all meinen Besitz erbt. Meine Kinder enterbe ich.* Also konntest du doch entschlossen sein? Konntest dich doch hinter deine Leute stellen? Stell dich gerade hin, gerade, nicht den Rücken beugen, nicht den Kopf senken, nicht zögern, schießen! *Komm schon, die Hand ganz ruhig. Noch mal. Bumm! Bumm! Bumm!* Alles, was ich hatte, habe ich ihr schon lange überschrieben. *Zack!* Ich hinterlasse ihnen nichts. *Klack!* Der Hammer spannt sich und die Pistole ist bereit für den nächsten Schuss. *Klick!* Wie oft noch, Vater? Warum schreibe ich dann alle diese Worte nieder, wenn du mir in Wirklichkeit nichts hinterlassen hast? Oh ja, ich weiß. Weil ich brav bin.

19.

Was macht ein Vogel, wenn er stirbt? Er hört auf zu fliegen, sagtest du. Und was machen wir Menschen, wenn wir sterben? Du lächeltest und sagtest, dass wir dann erst das Fliegen lernen. Ich war still und fragte mich, wie du sein wirst, wenn du fliegst. Wirst du leicht sein wie ein Vogel? Wie welcher Vogel? Wirst du allein sein, einsam, oder in einem Schwarm fliegen? Wirst du irgendwann unter meinem Dachvorsprung Halt machen? Wirst du jeden Sonntagmorgen zwitschern, sodass ich mich über dich ärgere? Wie werde ich wissen, dass du es bist? Dass du noch immer da bist. Bei mir. Werde ich dich füttern? Werde ich dir Brösel hinwerfen, die vom Essen übrig bleiben, und mich immer aufs Neue wundern, wie es möglich ist, dass ein Lebewesen mit so wenig Nahrung auskommt? Wirst du dir ein neues Nest bauen, ein neues Zuhause, dort in der Vogelwelt? Oder wirst du ein Zugvogel sein? Wirst du kommen und gehen und wirst auch du eines Tages, wie alle Vögel, aufhören zu fliegen? Wirst du eines Tages verschwinden, und ich werde mich dann dabei ertappen, dass ich schon lange nicht mehr an dich denke? Dass der Himmel leer und luftig ist und dass ich jetzt ruhig auf meiner neuen Terrasse liegen kann, auf der Terrasse mit den neuen blauen Fliesen nebst smaragdfarbener Fugen, ausgestreckt in einer türkisen Hängematte, und den Himmel sehen, ich sehe und lasse mich hineinfallen, in die weite, sich wiegenden Gebärmutter des Himmels, damit mir die Krallen keine Angst machen, damit mich das Gefieder nicht erstickt und Allergien bei mir auslöst, damit mir das Geflatter und Umherfliegen nicht den Schlaf verderben.

20.

Der erste Tod, das war eine kleine Maus, die wir in einer Schlagfalle gefangen hatten. Es gab ein schnalzendes Geräusch. Deine Augen leuchteten auf und du hauchtest: »Na, die hat sich mit Emmentaler fangen lassen, die Verrückte.« Wir liefen ins Zimmer, in der Ecke lag eine Holzplatte mit einer undefinierbaren grauen Masse. Wir mussten sie begraben. Das sagtest du. Und fügtest hinzu, dass wir ein Ritual vorbereiten könnten, wie es sich für jedes Lebewesen gehöre. »Und was ist mit den Toten?«, beharrte ich. Du verstummtest, setztest mich auf deine Knie, leertest eine große Streichholzschachtel auf dem Tisch aus und legtest die tote Maus hinein. Dann holten wir von irgendwoher den Rest einer Kerze und gingen auf die andere Seite des Hochhauses, wo ich nur selten war, weil die Eichen immer so laut rauschten und das Gras immer so hoch war, dass man kaum hindurchkam. Ich hatte Angst vor diesem Teil des Gartens. »Hier«, du zeigtest auf den Boden und bohrtest mit einem Esslöffel hinein, nur so tief, dass ich die Streichholzschachtel hineinlegen und dann selbst verscharren konnte. Wir zündeten die Kerze an. Und du sagtest, es gehöre sich, für die Maus etwas zu singen. »Mach du«, sagte ich. Und du zu mir: »Nein, du. Du weißt schon, das über die Ameise.« »Was hat die Ameise mit der Maus zu tun?«, fragte ich dich. »Nichts«, antwortetest du. Und so begann ich zu singen. Du knietest am Grab der Maus. Du warst so klein. Kleiner als ich, ich sah auf dich herab. Du trugst ein hellblaues Hemd mit kurzen Ärmeln. Und ich sang. *Wenn du die wütende Ameise durch die Welt grummeln hörst, dreh dich um und lauf weg, so schnell du kannst. Natürlich ist das völlig wahr. Was plustert sich der Stier so auf? Sechs schwarze Beine hat die Ameise, und der Stier hat nur vier.* Wind wehte. Und ich konnte dich nicht mehr ansehen. Deine Stille und dein angespanntes Zuhören störten mich. Ich musste ins Tal schauen. Ich war so allein beim Singen, obwohl mir damals alle zuhörten, auch die Heuhaufen, die Grillen, die Zweige, das Gras, alle, auch die Hunde des Dorfes hatten aufgehört zu heulen. Nur du wolltest mich nicht hören. Du weintest. Damals sah ich dich zum ersten Mal weinen. Deine Augäpfel färbten sich rot, und das Blau deiner Augen wurde wild im Kontrast dazu, so wild und fremd. Du schluchztest und schluchztest. Und konntest nicht aufhören. »Sing einfach, sing einfach, sagtest du zu mir, hör nicht auf, sing weiter.« Und ich sang. Die Heuhaufen im Tal gerieten in Brand. Sie brannten und berichteten in unbekannten Rauchsignalen, dass eine Maus gestorben war. Ja, das war ein trauriges Ereignis. Weil wir sie

getötet hatten. So klein und unscheinbar. Hilflos. Weil wir Angst vor ihr hatten. Sie war hilflos, und wir hatten Angst vor ihr. Hast du deshalb geweint? Weil wir etwas getan hatten, das man nicht tun darf? Man darf nicht töten, oder?
Und was ist mit den Toten? Bereits Tote töten? Auch nicht?

21.

Die beringten Vögel kehren nach Hause zurück. An ihren Beinen tragen sie ein Metallband mit Namen und Heimatadresse. Doch was ist mit denen ohne Ring, ohne Band, ohne sichere Bindung? Ohne Namen? Kehren die noch früher zurück?

22.

Ich schlafe nicht. Noch nicht. Es ist nicht sehr spät. Ich leide auch nicht unter Schlaflosigkeit. Im Grunde geht es mir gut. Ich fühle mich ruhig. Ich schlafe nur noch nicht. Vor dem Haus eine Gruppe junger Menschen. *Junggesellenabschied.* Sie grölen aus vollem Hals. Kreischen. Rufen Schlachtfelder herbei, würden sich gern mit einer Autorität anlegen, aber leider ruft niemand die Polizei. Ihr Plan ist nicht aufgegangen. Das Vaterland aufmischen. Es geht nicht. Und wenn man sich noch so sehr bemüht, es geht nicht. Wenn niemand reagiert, ist es am schlimmsten. Auch der Zug bewegt sich nicht. Der Zug mitten im Tal. Der Bahnhof erinnert an eine Müllhalde. Ein Stützpunkt. Irgendwo am Horizont Müllhaufen und Möwen, die darüber kreisen. Ein Bahnsteig und ein Zug. Rundum Sonnenblumenfelder, auf der anderen Seite Zimtrindenbäume und Sumpf. Eine Art grüner Wüste, durchschnitten vom Bahngleis und grünen Waggons. Der Geruch des Müllhaufens, Fäule und Verbrennung. Die Fremdheit des neuen Raums. Ein improvisierter Bahnhof. Mein Vater und ich begleiten Freunde zum Zug. Sie kehren nach Hause zurück. An einen Ort in weiter

Ferne. Vater hilft ihnen, die Koffer hineinzutragen, steigt in das grüne Monster, und ich, noch keine drei Jahre alt, stehe unten vor den Stufen. Ich bin unruhig. Mein Vater ist nicht da. Ich bin mitten im Feld zurückgeblieben, allein. Ich schaue durch die Fenster, ich sehe Gitter, jemand legt Koffer ab, ich sehe dunkle Silhouetten, Handbewegungen, Profile, die miteinander sprechen, Umarmungen. Und wieder nichts. Der Zug setzt sich in Bewegung. Ein langes Pfeifen. Mein Vater ist noch nicht da. Er wird im Zug bleiben. Er wird im Zug bleiben und nie wieder zurückkommen. Ich würde gern einen Fuß auf die eiserne Stufe setzen, aber ich kann nicht. Sie ist zu hoch. *Vater, schau vor dich,* sage ich zu ihm, *wir werden mit etwas zusammenstoßen.* Im alten rosa-braunen Hemd dreht er sich zu mir um, bewegt sich in Richtung des Rücksitzes. Mein Vater im Fiat. Er dreht mir nicht mehr den Rücken zu. Er sieht mir ins Gesicht und sagt, dass es für sein Auto keinen Rückweg mehr gibt. Dass es jetzt für ihn zu spät ist zum Umkehren. *Vater, wir werden mit etwas zusammenstoßen, wir werden in einen dunklen Tunnel fahren!,* kreische ich. Er lächelt mich an und antwortet. *Genau dort muss ich hin, und mein Auto kennt den Weg gut.* Wenn er mich verlässt, weiß ich nicht, wohin. Ich kann nur auf das Feld mit den Sonnenblumen gehen, vielleicht steige ich zum Müllhaufen hinauf. Ich weiß nicht, wohin. Alles ist so weit weg. Jetzt sitze ich im Abteil. Der Zug nach Paris. Von Triest nach Paris. Allein. Der Nachtzug. Ein Schlafwagen. Zum ersten Mal allein ins Unbekannte. Er steht mitten im Wohnzimmer, er ist betrunken. Mit geschwollenen Augen poltert er in die Mitte des Raums und bricht zusammen. Er beginnt zu schluchzen. *Ich will nicht, dass du gehst, ich will nicht, dass du Schauspielerin wirst, ich will nicht, dass du abreist. Du weißt nicht, wie diese Welt ist. Sie ist eine einzige Schweinerei. Du wirst es nicht schaffen. Du bist wie ich. Du wirst es nicht schaffen. Wir sind uns ähnlich. Du bist wie ich. Du bist zu sensibel.* Und was hast du getan, damit es uns beiden besser geht? Du hast mir ein Abwehrspray in die Tasche geschoben, falls mich jemand mitten in der fremden Großstadt überfällt. *Sie wird im Zug bleiben und nie mehr zurückkehren, weil der Zug ins Unbekannte fährt.* Er steht zusammen mit meiner Mutter am Bahnsteig und der Zug setzt sich in Bewegung. Ich verstehe nicht, warum er weint. Beide weinen. Aber warum jetzt? Jetzt, da ich mich freue wegzufahren. Warum nicht vorher? Was für dämliche Fragen. Wusste er vielleicht, dass mit meiner Abreise die Familie zerbrechen würde, dass wir nicht mehr eins sein würden? Waren wir überhaupt je eins? Irgendwann zweifellos. Ahnte oder plante er sogar schon sein Weggehen von zu Hause? Wusste er, dass er meine Mutter verlassen würde? Wusste er das damals schon, als er sie zum ersten Mal betrog? Ihr Vater war gestorben, mein Großvater, und zum Trost schenkte er ihr einen Pelzmantel. Was für ein schlechter Witz. Mit irgendetwas muss man sich eben von den Verwerflichkeiten freikaufen, die man begeht. So also wärmte sie von da an ein koreanischer Hund. Und Hunde sind treu, nicht wahr? Wie hättest du denn meiner Mutter treu sein sollen, wenn du dir selbst nicht treu warst? Hast du dich zurückgezogen, weil du ihre Schwächen nicht ertragen konntest? Ihre plötzliche Traurigkeit, ihre Trauer? Meine Mutter war eine große Heilige. Sie hat Nicht-Erwachsene erzogen, Kinder. Mich, meinen Bruder und meinen Vater. Und wenn Kinder erwachsen werden, müssen sie von zu Hause fortgehen. Wie selbstverständlich. Ging mein Vater deshalb? Hatte er mit all seinen Ausrastern in jenen Jahren ihre Geduld auf die Probe gestellt? Wünschte er sich vielleicht gelegentlich, sie würde ihm Grenzen setzen? Sie würde die Tür zuknallen, die Stimme erheben, ihm drohen, die Kinder zu nehmen und ihn zu verlassen? Ist sie jemals mit einem Messer hinter ihm hergerannt, hat ihm die Reifen zerstochen, das Auto der Geliebten zu Schrott geschlagen, wie es die Gattinnen seiner Freunde taten, wovon er ihr ganze Nächte freudig erzählte? Das machen enttäuschte Ehefrauen nämlich. Und in einigen Ehen funktionieren wohl emotionale Erpressung und Manipulation. Nein, meine Mutter schwieg und nahm hin. Sie dachte, so sei es am richtigsten. Wenn es ihm passt, soll er gehen. Wenn er nicht versteht, was er tut, dann soll er gehen. Hatte sie ihn vielleicht mit ihrer Reinheit und Perfektion erstickt? Wie hoffnungslos vermurkst er sich bei ihrem Anblick gefühlt haben musste. Nicht jeder kann die Kraft des Mitgefühls ertragen. Sie war anspruchsvoll. Du bist oder du bist nicht. Irgendetwas dazwischen, das duldete sie nicht. Nur, wie sollte er in ihrer Gegenwart noch Mann sein? Ein Mann, der stark genug ist, um sie annehmen zu können, immer wieder, ein Mann, dem sie vertrauen würde. *Klick. Die Sonne in der Hand. Klick. Sonnenwucherung. Klick. Sonnentod. Worte, die einem den Mund eng machen. Atme! Atme!* Jetzt, da ich begonnen habe, in ihm den hilflosen Sohn zu sehen. Dann erfahre ich es, viel später erfahre ich es. Eines Abends hat er ihr ein Ultimatum gestellt: *Ich oder die Kinder.* Und sie hat sich für die Kinder entschieden. *Es war so angenehm, in Mutters duftendem Weichspüler aufgehoben zu sein.* Mein Vater hat keinen Vater. Und wenn ich genau nachdenke, haben oder hatten fast alle, denen ich auf meinem Weg begegne, Frauen wie Männer, keinen Vater. Zu früh gestorben, schon vor der Geburt abgehauen, sich betrunken, sich eingesperrt, sich zurückgezogen, sich verleugnet. Was für eine *klopka*. Was für eine Falle ist das? Mutig wegzugehen, um Zigaretten zu holen, und nie mehr nach Hause zurückzukehren. Man muss zweifellos auch erst den Mut zu diesem Schritt finden. Aber verdammt! Ich muss fluchen. Das ist so befreiend. Verdammt! Damit ist jetzt Schluss. Aufhören, Mutter zu sein, Mutter des Vaters, Mutter des Liebhabers, Mutter des Jungen, Mutter der Freundin, Mutter der Mutter, Mutter des Bruders, Mutter aller, nur nicht eines eigenen Kindes. *Projekt: Frau werden. Abgang Mutter.*

23.

Kann man seinem Herzen folgend leben? Leben, wie einem das Herz es befiehlt. Märchen, Gedichte, Literatur, ist das nur ein Trugbild? All die Jahre bist du nach Hause gekommen und hast gesagt, wir müssten Geduld haben, wir sollten auf dich warten, es werde, es werde ja schon, bald käme jener Tag, an dem du zurückkommen würdest. Und dann haben wir auf dich gewartet. Jeder deiner Besuche war der Besuch eines Königs, der zur Hofbesichtigung kommt, der zur Inspektion kommt. Wir standen Spalier, zeigten dir Finger und Nägel, drehten die Hände hin und her und bestätigten dir, dass wir sauber waren, unsere Gedanken gereinigt hatten, unsere Herzen, unsere Worte. Wir bestätigten dir mit Stille und Lächeln, es werde keine Vorwürfe geben, wir würden die Schmerzen nicht neu aufwärmen, kein Vermissen, wir würden alle neu anfangen. Wir überzeugten dich davon, dass wir uns ein magisches Serum des Vergessens gespritzt hatten. Und dann würden wir glücklich sein bis ans Ende unserer Tage. Bis ans Ende unserer Tage unserem Herzen folgen. *Ich hab euch lieb, wartet noch ein bisschen, ich komme.* Und die Jahre vergingen und wir strichen die Wände in warmen Farben, damit du es hübsch hättest, wir tauschten die alten Matratzen voller Milben und Erinnerungen aus, wir benahmen uns wie die größten Kenner der Marktgesetze. Wir überprüften die dunkelsten Zimmerecken, Rohre und Leitungen unserer Hoffnungen, ob sich darin nicht vielleicht eine Seelenverschwörung verbarg, eine Dämonenbeschwörung, die dich hätte erschrecken können, und du so das Mandat erneut nicht annehmen würdest. *Ein Vater mit Mandat.* Und immer wieder wurden wir enttäuscht. Du gingst fort, ohne dich zu erklären. Wie ein verwöhntes Kind, das zu viel von allem hat und sich nicht entscheiden kann. Wir warteten auf den magischen Anruf oder ein Telegramm, vielleicht ein Fax, wie es sich für alle seriösen Geschäfte gehört: *Sehr geehrte Anbieter, ich habe mich entschlossen, die nächsten fünfzehn Jahre an einem anderen Ort zu verbringen.* Oder: *Die nächsten Ferien werde ich dennoch in Ihrer Dépendance verbringen.* In unserer? Es ist doch auch deine. Dépendance, Ferienhäuschen, Nebengebäude, Filiale, ein Zimmer zum Ausruhen, zum Zurückziehen, ein Zimmer für das Überlaufen zum Feind. Dépendance, ein weiterer Ausrutscher? *Dépendance,* Abhängigkeit, Unterworfensein. Wer würde sich denn nicht dagegen wehren? *Ich würde ja kommen, aber ihr habt keine geregelte Genehmigung für dies und jenes, ihr serviert nicht das richtige Essen, ihr seid zu herzlich, eure Kammern sind noch zu unruhig, ihr seid zu lebhaft, ihr erwartet zu viel von mir, der Preis für den Aufenthalt bei euch ist mir zu hoch.* So hat er sich lieber *losgekauft,* hat einen Umschlag mit Geld auf den Tisch gelegt und ist gegangen. Hat seinen Weggang bezahlt. Hat Banknoten abgezählt, damit wir ihm erlaubten, ruhig wegzugehen. Damit er wenigstens ein bisschen aufatmen konnte, sobald er seine Schuldgefühle bezahlt hätte. Seinem Herzen folgen, heißt es in allen Märchen. Und in allen Märchen dieser Welt siegt das Gute, das Herz besiegt die Angst. Warum bist du dann nie zurückgekehrt, wenn das die Wahrheit ist? Du bist lieber mit Schuldgefühlen weggelaufen, stumm, in scheinbarer Sicherheit, lieber hast du dein Herz verleugnet. Vielleicht habe ich davor die meiste Angst, Vater. Davor, dass ich genauso werde wie du. Dass ich mich ergebe. Und so harre ich am anderen Ufer aus, noch immer bestätige und bejahe ich mein Herz. Aber ich bin noch immer allein. Was für ein Zeichen ist das? Liebhaben, lieben, ist das eine Illusion? Ist es ein Märchen, das es nicht gibt? Ist es eine Floskel, die die Kunst, die Philosophie und alle sonstigen Schwächlinge nährt, die nicht wachsen wollen? Vielleicht empfinden wir das ganze Leben vermittels Leber und Nieren, vielleicht ist das Herz nur eine Krücke für unverbesserliche romantische Loser. Vielleicht ist es am schwersten sich einzugestehen und vielleicht sogar zu akzeptieren, dass mein Vater dennoch seinem Herzen gefolgt ist, seinem eingeklemmten Herzen. Und im Grunde ein Held war.

Ein Held, der beschlossen und zugegeben hatte, uns nicht zu lieben, und uns verlassen hat. Demnach kann ich aufatmen und weiterhin glauben.

24.

Es gibt Zeiten, in denen man seinen Status in den Ruhezustand versetzen und einfach nur Bürger werden muss. Ein Bürger mit *Mindestbeiträgen zur Sozialversicherung.* Es gibt Zeiten, in denen man einen Antrag auf Überprüfung seines Status einreichen muss. Man läuft von Behörde zu Behörde, sammelt Papiere, versucht, einen Weg zu finden, das möglichst effizient zu erledigen. Aber es gibt viele Flure, und selbst der Empfangsmitarbeiter weiß nicht, wo er einen hinschicken soll. Also geht man vom ersten Stock, von den Selbstständigen und Freiberuflern, in den zweiten Stock, zu den Erwerbslosen, und dann wieder ins Erdgeschoss zum Empfang, denn oben wissen sie nicht genau, was sie mit einem anfangen und wo sie einen einordnen sollen. *Ist dort oben überhaupt noch jemand?* Türen öffnen sich, schließen sich, überall dieselbe Antwort: Einen solchen Fall hatten wir noch nicht. Dann schaffen Sie ihn. *Finden Sie einen Platz für mich. Geben Sie mir eine Nummer, eine Steuernummer und eine Schublade. Ordnen Sie mich ein, bestimmen Sie mich! Ich würde gern dazugehören.* Ich werde Steuern zahlen, wenn ich muss, aber sagen Sie es mir, legen Sie sie fest, erklären Sie sich gefälligst! Mit der Adressänderung haben Sie uns durcheinandergebracht, sagen sie. *Ihr Name ist verschwunden. Als wären Sie ausgelöscht. Man hat Sie dort nicht richtig notiert. Wo, dort?*, frage ich. *Wo hat man mich falsch notiert? Im Zuhause meiner Kindheit oder im Zuhause der erwachsenen Frau? Dort.* Und sie starren auf die Papiere. *Irgendwo dazwischen sind Sie offenbar verloren gegangen. Bin ich also verloren? Habe ich mich verloren oder haben Sie mich verloren?* Sie blättern, machen Kopien. Ordnen alles in Mappen, die mit der Zeit verloren gehen, dann warten sie auf den Chef, der im Urlaub ist, doch auch er, als er zurückkehrt, weiß nicht, was mit einem ist, denn man hat ihn versetzt und an seinem vorherigen Arbeitsplatz kannte er solche Fälle nicht, er ist nicht informiert. Dort oben. *Ich bin ein Fall, der nicht einzuordnen ist, Herr Steuerinspektor. Man hat Sie auch versetzt? Sie auch? Von wo sind Sie zurückgekehrt? Von dort, wo Ruhe herrscht. Wo alles klar ist. Dort unten. Ich habe ja trotzdem alles beglichen. Natürlich haben Sie das, die Steuern, aber Sie müssen auch die Beiträge rückwirkend bezahlen. Beiträge? Das ist nicht dasselbe. Sie müssen Ihren Beitrag zum Vaterland leisten. Rückwirkend? Zum Vaterland rückwirkend? Ich dachte, es gebe nur die Kategorien Unten und Oben, und jetzt sagen Sie, es gibt auch ein Zurück. Ich habe ja nichts verbraucht, nichts genutzt, keine Vergünstigungen, ich bin kein einziges Mal zum Arzt gegangen, ich bin gesund, sehen Sie in meiner Kartei nach. Warum sollte ich etwas bezahlen müssen, was ich nicht in*

Anspruch genommen habe? Weil es eben so ist. Sie haben angesichts Ihrer Einkünfte zu wenig bezahlt, Sie haben die Abgabengrenze überschritten und sind in die Klasse der Erfolgreichen aufgestiegen. Aha. Also bin ich doch erfolgreich und Sie versuchen, mich mit einer Zuzahlung für diesen Erfolg auszuzeichnen? Vaterland und Erfolg. *Sie sagen mir doch, dass ich erfolgreich bin, oder? Ja, genau das. Und Erfolg muss besteuert werden. Ist das eine Auszeichnung oder eine Strafe? Erfolg. Ich muss auf ihn einhacken, Herr Aufsichtsbeamter, muss ihn erden, ihn von allem unnötigen Kitsch befreien.* Den Vater bestimmen. Das Vaterland nähren. Man muss sich in *weniger* aufhalten. Heldin ist gleich *Leiden.* Heldin ist gleich *es ist doch genug.* Heldin ist gleich *du wirst es nicht schaffen. Und wenn ich es schaffe, Vater, was ist, wenn ich es doch schaffe? Was passiert dann?* Wirst du sagen, dass ich brav bin? Brav wie immer bin? Oder werde ich dich verraten, weil ich es schaffen werde, und werde ich damit dein Versagen nur noch zusätzlich betonen? *Nein, geben Sie mir schon dieses Papier, geben Sie es mir. Ich werde bezahlen, ich werde alles rückwirkend bezahlen. Auch im Voraus.* Kennen Sie diese Kategorie auch? *Erst wenn du vierzig bist, wirst du es schaffen,* hast du eines Tages gesagt. Einfach so, was weiß ich, warum. Vielleicht im Spaß, du bist einfach so damit herausgeplatzt. Und ich bin stehen geblieben. Ich war schon etwas über zwanzig und verstand nicht, warum ich es erst so spät schaffen sollte. Du konntest mir nicht antworten. In sechs Tagen werde ich mein vierzigstes Lebensjahr vollenden. Ich weiß nicht, ob ich erfolgreich bin und was das bedeutet. Ich weiß nur, dass du dich zurückgezogen hast, ohne das Ergebnis deiner Prophezeiung zu sehen. Bist du deshalb gegangen? Nur einen Monat vor dem großen Augenblick? Ist dein Verschwinden die Voraussetzung dafür, dass ich es schaffe? Ist dein Weggang ein Geschenk? Schaffen, was, Vater? Dem eigenen Namen zu entfliehen, mit dem du mich gekennzeichnet hast? Meine Mutter wollte mich Jasmina nennen, mein etwas älterer Bruder hat mich bei meiner Geburt und schon etwa einen Monat zuvor Nataša genannt. Nataša hier, Nataša da. Und noch ein paar Monate nach meiner Geburt. *Schau, Nataša, Väterchen Frost schickt dir ein Geschenk,* und er warf eine Tüte mit drei Orangen in die Wiege, in der mein vier Monate altes Ich lag. Und du? Du hast darauf bestanden, dass ich Maja werde. *Warum Maja? So hieß seine große Liebe,* seufzte meine Mutter einmal in der Küche. *Seine große Liebe? Bist das nicht du?,* fragte ich mit aufgerissenen Augen. Meine Mutter schwieg. Und so wurde ich die Trägerin des Namens einer Frau, die mein Vater nicht hatte erobern können. Eine unbekannte Frau, die er verehrt und nie besessen hatte. Sagte ich *besessen?* Sagte ich *nicht erobern konnte?* Maja, seine unglückliche, nie verwirklichte Liebe. Dachte er jedes Mal an sie, wenn er mich sah, wenn er mich rief? Als er mir beibrachte, meinen Namen zu sagen, sah er da sie? Wie viel Ungerechtigkeit sich über einem Kind allein mit einem Namen und mit all seiner Vorbelastung zusammenbraut. Als müssten wir, als hilflose Wesen geboren, wegen unseres Namens ganz bestimmte Aufgaben erfüllen, Aufgaben, die unsere Eltern zuvor festgelegt haben. Der Name der Großmutter, des Großvaters, des Urgroßvaters. Aufgaben, denen wir nicht gewachsen sind. Wie ungerecht. So spielen wir also in Gegenwart der Eltern bestimmte Rollen, und in der Freizeit am Nachmittag sind wir *Calimeros* und Masochisten. So erwischt man sich eines Tages dabei, wie ein Elternteil einen benutzt, um einen früheren Konflikt zu lösen. Ich wurde also der Schatten einer unerfüllten Liebe meines Vaters. *Und wo hast du deinen Papa? Deinen allerliebsten Papa,* schmunzeln meine Tanten und provozieren mich. Ich weiß nicht, warum. Warum liegt so viel Zynismus und Bitterkeit in dem Wort *Papa, dein Papa? Was ist falsch daran, dass ich ihn lieb habe? Worauf spielt ihr an, Tanten? Dass ich ihn lieb habe, obwohl er nicht da ist?* Hatte mein Vater diese Maja lieb, und vielleicht umso lieber, wenn sie nicht bei ihm war? *Hat er sie geliebt, obwohl sie nicht da war?* Kann Liebe, eine große Liebe, nur dann groß sein, wenn sie eine unerfüllte ist? Geträumte Liebe hat mit der irdischen nicht viel gemein. Schweben und Träumen ist berauschend. Tag für Tag Gewogenheit und Vertrauen in die Tat umzusetzen hingegen erfordert Arbeit und vor allem Hingabe. Es ist eine Sache der Entscheidung. Wollte mein Vater mich vielleicht deshalb nicht wirklich kennenlernen? Weil er dann vielleicht begriffen hätte, dass ich eine andere bin? Oder er wäre bei der Erkenntnis zusammengezuckt, dass Lieben nur ein Trugbild ist. Nur das, was entfernt und verboten, was unerreichbar ist. Vielleicht hätte er erkannt, dass er nicht imstande ist zu lieben. Maja, Maja als Illusion, als Trugbild. Maja als Trugbild Majas. Ich bin nicht seine Maja, ich bin nicht seine verhinderte Liebe. Vielleicht hätte er begreifen müssen, dass er mir Unrecht getan hat mit dem Namen. Vielleicht hat er es begriffen und sich deshalb zurückgezogen, beleidigt, weil ich nicht in der Lage war, seine Maja zu sein. Oder er war einfach nur fair, weil er seinen Irrtum eingesehen hatte. Hat er mich deshalb so fasziniert, wie nur ein Vater ein Kind faszinieren kann, und ist im richtigen Moment, als die Vorstellung ihren strahlenden Höhepunkt erreicht hat, gegangen wie ein echter *Showman*, hat sich versteckt, sich zurückgezogen? Hat er mit seinem Fortgang ein noch besseres Rating erzielt, eine noch größere Nachfrage? Verhalten sich so unreife Liebhaber, Pubertierende, die sich in die Unerreichbarkeit verlieben und hoffen, dass die Beziehung nie Wirklichkeit wird? Elektrisiertheit und die Versuchung von etwas, das man nicht verwirklichen möchte, man nähert sich nur dem Rand des Abgrunds einer möglichen Verwirklichung und geht dann wieder zurück. *Rückwärts. Ich bitte dich, verehre mich, suche mich, aber ich bitte dich zugleich, dich niemals für ein Leben mit mir zu entscheiden. Nur so werde ich die Prophezeiung meines Vaters verwirklichen können.* Maja, die unerreichbare Maja. Maja, die nur eine Versuchung sein kann. Maja, die Versuchung. *Futter für Väter.* Futter für Männer. Komm, aber geh auch wieder. Gib dich mir nicht hin. Maja, die Hungrige sucht, *futtert für Väter.* Maja, die kleine Hausfrau, die in Wirklichkeit gern Pudding und Marmelade kochen würde. Maja, die gern die Füße waschen und einölen würde. Maja, die gern schlafende Lider küssen würde. Maja, die nicht Maja ist. Maja, die sich Unerreichbare aussucht, um unerreichbar zu bleiben. Maja. Nur so kann sie besungen bleiben, prächtig und schmerzvoll, nur so lässt sich die schmerzvolle Sehnsucht aufrechterhalten. Hat mein Vater auf eine besondere, eine krankhafte Weise genossen, dass er mir Schmerzen zugefügt hat? Hat er es genossen, wenn ich ihn bat zurückzukommen, zu bleiben, mich zu sehen? Hat er sich damit an seiner Maja gerächt? Vielleicht übertreibe ich schon wieder. Wirklich? Es gibt Zeiten, in denen man seinen Status in den Ruhezustand versetzen und einfach nur Bürger werden muss. Ein Bürger mit Mindestbeiträgen zur Sozialversicherung. Ein Bürger ohne Namen, ohne Nummer. Es gibt Zeiten, in denen man einen Antrag auf Überprüfung des Status einreichen muss. Es gibt Zeiten. Gefährliche Zeiten. Es gibt Zeiten, in denen man eine derartige Sicherheit eben nicht mehr will, in denen man diese trügerische Sicherheit nicht mehr will. Es gibt Zeiten des Entzückens und der Euphorie, in denen man sich im Zuhause der erwachsenen Frau in der Namenlosigkeit wiederfindet. Namenlosigkeit, was für ein wohltuendes Aufatmen! Eine Bürgerin mit Mindestbeiträgen zur Sozialversicherung. Wir tun so, als seien wir lebendig, als hätten wir einen Willen, als hätten wir Macht, bis wir begreifen, dass wir von unseren Vorfahren geführt werden, unbekannten Bildern, Erwartungen, Projektionen. Nichts Neues, ich weiß. Nichts Neues. Ich kreise wie eine wütende Wespe um eine schon mehr als abgefressene Melone. An ihr ist kein Fleisch mehr. Nur noch überflüssige Schale. Ich kreise noch immer. Noch ein bisschen, nur noch ein bisschen. Nur noch sechs Tage. Sechs Tage bis zu meinem Geburtstag. Er wirft das Gesundheitsheftchen auf den Tisch, mit ihm den Personalausweis. *Ich gebe Ihnen Ihren Namen zurück, ich gebe Ihnen Ihre scheinbare Sicherheit zurück,* sagt er. *Jetzt muss ich nicht mehr fest im Sattel Ihrer Gesetze sitzen. Sie können mich anzünden und mit einem Joghurtlöffel begraben. Und das Geld, das ich mein Leben lang in die Rentensäulen investiert und nie in Anspruch genommen habe, können Sie einstecken, stehlen.* »Folgen Sie mir«, sagt das Fräulein, sie ist hübsch, gutmütig, sie kann sich kaum zurückhalten, sie würde am liebsten um uns herumtanzen. Ich denke, sie hat zu Hause einen jungen Mann und vielleicht schon ein Kind. Einen Mann zweifellos, sie trägt den Ring links. Ein Kind? Ich weiß nicht.

Vielleicht freut sie sich, weil sie gerade erfahren hat, dass sie schwanger ist. Sie starrt mich an, verstummt, etwas durchfährt sie, aber nur für einen Moment, als wäre ihr wieder eingefallen, dass der Augenblick für ihre Freude unangemessen ist. Sie wird ernst, doch alles an ihr jubelt geradezu vor Freude. Der Busen blüht auf, zwei Brüste, die bald säugen werden, das runde Bäuchlein, auf dem noch die morgendliche Wärme einer Männerhand wahrzunehmen ist. Darin wächst ein neues Wesen, das sie mindestens noch sieben Monate tragen wird, während sie Sterbeurkunden ordnen, Verstorbene in Messgewänder kleiden, Totenscheine ausdrucken und Radioansagen für Todesanzeigen übermitteln wird. »Die Urnen in den oberen zwei Reihen gehören zur niedrigeren Preisklasse, die in den unteren zwei Reihen zur höheren«, sagt sie und deutet mit einer eleganten Bewegung auf die ausgestellten Modelle. Von links nach rechts und etwas weiter unten wieder von links nach rechts. Sie führt ihre zierliche Hand elegant wie eine Ballerina an den Regalen entlang. Immer dieselbe Choreografie. Sie erstarrt und wartet. Sie hat ein Stichwort gegeben und jetzt wartet sie. Sie lässt mir etwas Zeit für die Auswahl. Sie weiß, wie schwer dieser Moment für die Kunden ist, die einen lieben Angehörigen verloren haben. Deshalb erstarrt sie. Doch was denkt sie in dieser Zeit? Ihr Stupsnäschen, mit Sommersprossen übersät, bewegt sich schelmisch. Sie bläht leicht die Nasenlöcher, ihr Blick wandert fort. Hat sie vielleicht die Erinnerung an den morgendlichen Abschiedskuss gekitzelt? Ich starre auf die Gefäße. Ja, das sind Gefäße. Metallgefäße. Gewöhnliche Gefäße mit Deckel, die man Urne nennt. Sie könnten Salzstreuer oder Zuckerstreuer sein, oder gewöhnliche Blechdosen für Kekse. Vielleicht die für Bonbons, »505 Sa Crtom«, 505 mit Strich. »Erinnern Sie sich noch?«, versuche ich, die Stille aufzulockern. Ich rufe ihre Anwesenheit zurück. *Wo ist der Witz?* Sie sieht mich an. Sie versteht es nicht. »Mit Strich«, wiederhole ich. »505! Nein, die Sozialversicherung erstattet für eine Beerdigung etwas mehr, 509 Euro. Noch immer nicht viel«, sagt sie. »Also die ohne Linien, die möchten Sie nehmen?« Und schon streckt sie die Hand zur Urne aus. Wie soll ich dich nur in ein Gefäß stopfen, Vater, in eine Geschichte, in eine Erinnerung? In einen Namen. Wie konntest du mich nur in einen Namen stopfen? Hast du das tatsächlich? *Nehmen, ich würde jetzt wirklich gern Platz nehmen.* Aber es gibt keine Sitzgelegenheit. Der Raum ist vollgestopft mit Särgen in allen Farben, selbst an der Wand sind welche befestigt. Das ist ein Raum für diejenigen, die noch stehen können, und für die, die nur noch liegen können. Und was ist mit denen dazwischen? *Irgendwo dazwischen sind Sie offenbar verloren gegangen. Bin ich also verloren? Habe ich mich verloren oder haben Sie mich verloren?* Mit dem Finger zeige ich auf eine graue. Eine hellgraue Urne, die hellste von allen. Das Fräulein bückt sich, die Knöpfe an ihrer Jacke halten kaum ihre frühe Rundung zurück, sie greift elegant nach der Urne, hält sie mir vors Gesicht und hebt mit der Geübtheit eines Sommeliers ihren Boden in mein Gesichtsfeld, sieht mich bedeutungsvoll an. Ich verstehe und lese den Preis, ich nicke wie eine große Expertin und ausgezeichnete Kennerin, der Jahrgang des Weins ist der passende und wir können jetzt mit der Verkostung beginnen. »Sie könnten sich zwei gönnen«, sagt sie und zwinkert mir zu. »Zwei?«, ich sehe sie an. »Ich meine, angesichts der Summe, die Sie von der Sozialversicherung für die Beerdigung erstattet bekommen«, murmelt sie unbeholfen und wird rot. Zwei. Zwei Urnen. Zwei Schachteln. Eine für dich, Vater. Und die andere für wen? *Abgang Maja.*

25.

Das Unkraut auf dem Balkon wächst nicht weiter. Es ist einen halben Meter hoch geworden. Die Stängel haben sich versteift. Aus den kleinen weißen Blüten sind Trauben von kleinen grünen Knubbeln geworden. Das sind die Früchte. Also trägt das Unkraut doch Früchte. Auch Unkraut kann fruchtbar sein. Auch Unkraut lebt. Auch das Überflüssige kann fruchtbar sein, auch das Unbeachtete kann Früchte tragen. Ich frage mich nur, ob sie genießbar sind. Ob sie einen ernähren können. Das Unkraut hat seine Reife erreicht. Der August wird in den Herbst auströpfeln. Die Pflanze wird sterben, das ist ihr Zyklus. *Das Pflänzchen wird sterben, zu vegetieren aufhören.* Vermutlich wird es so sein. *Ich wünschte, es wäre so.* Die Erde wird aufbrechen. Die Erde wird aufbrechen oder ruhen? Und nach Jahren der Einsamkeit und der Fruchtfolge wird sie wohl wieder fruchtbar und bestellbar werden. Es wird geschehen. Vielleicht. Vielleicht trifft mit der wiedererlangten Fruchtbarkeit der Erde Hoffnung ein, ein heller, klarer Spalt des Behagens. *Aufatmen.* Das würde ich, möglicherweise, einfangen wollen. Habe ich das empfunden? Habe ich es geschafft? Vielleicht. Aber dieses Behagen erscheint nur gelegentlich und stoßweise, und für gewöhnlich dann, wenn ich in Bewegung bin, unterwegs mit dem Auto, nicht im weißen Fiat, sondern mit meinem Auto, mit dem giftroten *Sechzehnventiler, dem Rosso Malizioso.* Die Zeit für eine neue Aussaat wird kommen. Vielleicht.

26.

Man sagt, nach zwei Monaten Isolation treten Halluzinationen auf. Depressionen, Verlust des Urteilsvermögens. Das macht die Einsamkeit. Und wenn ich jetzt zurückblicke, wenn ich mich frage (*und mir zugleich eingestehe, dass ich im Grunde gar keine Antworten will, weil zu antworten unmöglich ist*), stelle ich fest, dass eigentlich niemand meinen Vater wirklich kannte. Niemand. Vielleicht war er auch sich selbst ein unfassbarer Fremder. Ein blinder Passagier auf einem Überseedampfer, der von Husaren gekapert wurde, von Schieberbanden, und der dann obendrein noch im Bereich des Bermudadreiecks verschollen ist. Vielleicht hat er sich jeden Morgen vor dem Spiegel gesiezt, weil er nicht wusste, wen er da vor sich hat. Mir scheint, mein Vater war im Grunde ein einsamer Mensch. Sehr einsam. Allein. Er hat vermutlich niemals irgendjemandem erlaubt, seinen Brustkorb wirklich zu öffnen. Außer einmal, damals, als sie ihn aufgeschnitten und seine Speiseröhre verkürzt, sein Herz in die Achselhöhle geschoben und seinen Magen angehoben haben. Was haben wir gegrinst, wenn er fertig gegessen, sich ans Herz gegriffen und gesagt hat, er sei satt. Aber eine wirkliche Sattheit des Herzens hat er nie erlebt. Oder doch? Ich hoffe, er hat sie trotzdem erlebt. *Das Herz unter dem Arm, wie seine Aktentasche jeden Morgen. Auf! Und zur Arbeit. Das Herz, eine Aktentasche. Das Herz, eine Pflicht. Das Gespann des Herzens. Die Übergabe des Herzens.* Sie haben ihn nie wieder aufgemacht, der zweite Tumor war inoperabel. Er hatte sich unterhalb von Lunge, Herz und Wirbelsäule eingenistet. Als wollte er selbst nicht mehr, dass irgendjemand in ihn hineingreift. Er war ein einsamer Krieger. Ein Krieger, der den letzten Tumor besiegte. Nein, der Tumor hat ihn nicht getötet. Sein Herz hat versagt. Die Lungenentzündung war schuld. Lungenentzündung? Eine Atemwegserkrankung? Eine Krankheit der mangelnden Liebe? Eine Krankheit der Trauer? Eine Obduktion ist nicht nötig, sagten sie. Allein. Und vom Alleinsein wird man verrückt? Auch an diesem Juliabend, als wir am Tisch auf der Terrasse saßen und den ganz besonderen Mond ansahen, den Vollmond, eigentlich eine Mondfinsternis, warst du allein, allein unten in der Kühlkammer des Krankenhauses. Allein auf dem letzten Weg ins Krematorium. Allein auf der Autobahn, vorbei an den Weiden unterhalb des Bergs Nanos, vorbei an Weiden mit Kühen, vorbei an den Mautstationen. Worüber haben sich nur die Fahrer des Leichenwagens unterhalten, während du im Sarg hin- und herschaukeltest und versuchtest, noch einmal den Sommer zu sehen? Aus der Kühlkammer ins Feuer. Das Feuer im goldenen Rahmen hinter meinem Rücken. Ich schaue nach vorn, Vater. Und fahre Auto. Jetzt drehe ich dir den Rücken zu. Jetzt drehe *ich dir* den Rücken zu. Entschuldige, ich muss das Steuer festhalten. Ich sitze so gern hinter meinem eigenen Steuer. Und du stehst sanft über mir, ich sehe, wie du auf den Bildschirm siehst und lächelst. Über meine ersten Schritte ohne dich. Über all diese langsamen, unsicheren, wackeligen Schritte, die ich ohne deine Unterstützung zu machen versuche. Ohne mich an dich zu lehnen. Ohne dass ich in allem und allen den Staub dieser alten Akte atme, das Geformtsein nach deinen Leisten. Ohne deine Hände, ohne deine Berührung, ohne deinen Ruf. Auch ohne deinen Schmerz. Als erlaubtest du mir erst jetzt, dass ich werde. Sanftheit. Als erlaubtest du jetzt, dass sich die Fenster nach allen vier Himmelsrichtungen öffnen. Ich liege zu einem Knäuel zusammengerollt, wie ein kleiner, reiner Embryo befinde ich mich noch immer schrumpelig gekrümmt vor der Tür. Ich bin noch nicht geboren. Die Tür ist verriegelt, doch unter ihr ist ein winziger Spalt, durch den eine Stimme zu mir dringt. Es ist nicht einmal eine Stimme, sondern eine kaum hörbare, wundersame Musik. Ein Gesang, so unglaublich anders, gewebt aus bislang nie gehörten Harmonien, die keine Harmonien sind, die Intervalle von Stille und Dichte sind, Komprimierung … ja, Komprimierung oder Symbiose, ich weiß es nicht genau, ich ahne es nur, ergießt sich unter der Tür hindurch in meine zusammengekrampfte Mitte. Ein Erguss von Zusammenflüssen. Ich warte darauf, dass das Innere erwacht. Dass sich etwas im Zimmer ausbreitet. Dass ich mich ausbreite. Ich warte auf den Mann, der auf einem einsamen Hocker, auf einer einsamen Insel das Herz öffnet, die Arme ins Unbekannte ausbreitet, den Brustkorb öffnet, ein einziges Glühen wird. Und wenn er das tut, wird sich die Tür öffnen, alle Türen in alle vier Himmelsrichtungen. Und die Türen sind blau und das Haus, das kein Haus ist, ist ein Nabel, der Nabel der Welt ist mitten im Meer, und ins Meer fällt ein riesiges orangefarbenes Bonbon. Es duftet. Alles duftet nach zu Hause. Ich weine. Ich weine wiedergeboren. Ich habe am Anfang angefangen. Hhabe den Hebel gefunden. Diese zwei abgerissenen Enden des Fadens, mit dem ich endlos das Kindernachthemd geflickt habe, gespannt über dem Abgrund zwischen meinen beiden Zuhause, meinen Zweifeln, zwischen dem Zuhause des Kindes und dem der erwachsenen Frau. *Ich habe das Haus der Kindheit abgerissen.* Du wirst es nicht glauben, ich habe es wirklich abgerissen. Alle waren dagegen. Aber ich habe Bagger und Lastwagen gemietet. Sie kamen. Sie bogen in die Sackgasse ein und jeden Tag, vierzehn Tage in Folge, luden sie Abfallmaterial auf. *Jeden Tag mit dem Bug in die Sackgasse und rückwärts wieder hinaus. Vierzehn Tage. Vierzehn Jahre und vierzehn Tage. Wie oft werde ich noch in die Sackgasse müssen, Reste aufladen und dann rückwärts wieder hinaus?* Ich gab den Befehl.

Bis zum Fundament! Alles. Das Dach, die Innenwände. Alles bis zum Fundament: *abreißen!* Nur die Außenwände und die unterirdischen Leitungen habe ich gelassen. Man nennt sie *Abflüsse.* Ich habe keine Genehmigung für mehr bekommen, es ist verboten, die städtischen Strukturen zu stören. Ich habe noch immer den Namen, ich bin noch immer dieselbe, dasselbe Ich, eingewebt in den Stadtplan des Architekten. Derselbe Name, dasselbe Gesicht, dieselbe Stammnummer im Bürgerregister. Nummer 505. Eine Süßigkeit *sa crtom, mit Strich.* 505, die mich als Frau klassifiziert. Dieselbe Stammzelle der Ewigkeit in mir. Unverändert. Rein. Ich habe nur das verrottete Innere abreißen lassen. Alles, bis zum Fundament: *Abreißen!* Ein Saisonarbeiter, staubig, schmutzig und verschwitzt, tritt hinter mich. In der Hand hält er ein kleines Püppchen, eine nackte Plastikpuppe, kaum so groß wie eine Männerhand. Ich blicke auf seine Hand. Rissig, schmutzig vom Mörtel, in ihrer Mitte liegt das nackte Plastikpüppchen eines kleinen Mädchens. *Wir haben sie in der Wand vergraben gefunden. Jemand muss sie einbetoniert haben, als das Haus gebaut wurde,* sagt er mit Akzent. Er ist nicht von hier. Er ist ein Fremder. Ein Fremder ohne Sozialversicherung. Er keucht, er ist gelaufen, er hat keine Zeit, der Bagger reißt weiter ab, schlägt seinen gezähnten Schnabel mit aller Kraft in das Haus meiner Kindheit. *Was sollen wir mit ihr machen? Möchten Sie, dass ich sie wegwerfe, dort drüben auf den Müllhaufen werfe?*

Seine Zischlaute sind weich, seine Vokale singend. Ein Zug, ich höre einen Zug. Wenn du gehst, wenn du jetzt gehst, bin ich allein. Für immer allein. Aber du bist schon gegangen. Du bist tot, oder? Dein Zug ist schon lange abgefahren. Der Müllhaufen? Sie einfach auf den Müllhaufen bringen? Sie liegt auf der Hand, nackt, klein. So hilflos. Und doch ausgegraben nach vierzig Jahren. Eine Reliquie. Kann sie noch atmen? Kann sie noch lebendig werden? Ist es nicht zu spät für sie? Die Hand des Mannes ist groß und mitgenommen, voller Schwielen und Narben, verschwitzt, schmutzig, aber schön. Die Hand eines Saisonarbeiters. *Die Hand eines Saisonvaters.* Ich würde gern zu ihm sagen, er solle doch eine Pause machen, er solle sich *in den Schatten* meines Hauses setzen und die kleine Puppe noch eine Weile in der Hand halten. Nur noch ein wenig. Er soll sie in der Hand wiegen. Es ist so angenehm, in seiner Hand zu liegen. Ich lehne an dem ausladenden alten Nussbaum, *in seinem Schatten,* und sehe ihn an. *Wurzeln neben mir, Wurzeln in mir.* Ich weiß, du stehst irgendwo hinter mir, schlenkerst mit den Händen, berührst mich nicht, oder besser, ja, du berührst mich in der *Berührungslosigkeit.* Erst jetzt, da du in der *Berührungslosigkeit* bist, kannst du mich berühren. Ich erlaube es. Du lenkst meine Aufmerksamkeit irgendwo nach draußen, durch das Fenster, wo kleine Hausfrauen mit Töpfen klappern. Wie mild diese Sommernacht ist. Sie kochen Pudding und Würstchen. Die Küchendüfte dringen bis zu mir. Geschwätzige kleine Wesen. Es ist ein Kind, das noch nicht schläft. Weil es aufgewacht ist. Freudig. Das Kind ist endlich aufgewacht, es wird den Schlafanzug ausziehen, sich das Hochzeitskleid anziehen. Sanftheit. Aus Legosteinen baut es sich ein Häuschen. Ein schönes buntes Häuschen, und es versucht, das Wort *Haus* auszusprechen. *Haaaauuu? Haus!* sagt die Stimme des Vaters. *Haauuus,* wiederholt das Kind unbeholfen. Noch sechs Tage, Vater. *Papa, wie geht es dir? Geht es dir gut?* Und dann werde ich nicht mehr ungerecht sein, ich werde nicht mehr drängen, ich werde nicht mehr, das verspreche ich. Vielleicht werde ich lesen, immer wieder alles, was sich mir aufgeschrieben hat, und über die endlosen Erdichtungen lächeln, die ich kneten musste, um mich wieder in diesen Fluss zu treiben. Ich werde weinen, als wollte ich mir mit jedem neuen Durchlesen der Worte dieses Zeichen ausbrennen, das sich in meine Knochen gefressen hat. Ich werde mich in den Fluss treiben, der gefroren war und jetzt wieder fließt. Entschuldige, wenn ich gelogen habe. Du weißt doch, dichterische Freiheit. Und Schwung, ja, er hat mich auch mitgerissen. Dein Pathos und dein Schwung. Mein Bruder und ich haben uns so unsanft über deinen Schwung lustig gemacht. Hauruck!, im alten Fiat, dem weißen Prinzen, über Bodenwellen und ins Tal, ins Tal im Leerlauf. Mein Vater im Leerlauf. Ich im Leerlauf. Mein Bruder im Leerlauf. Hingabe des Herzens. Das Herz im Leerlauf. Die Welt im Leerlauf. Auch ich hatte Schwierigkeiten, die einfachsten Wörter auszusprechen: Vater, ich hab dich lieb. Ich hätte mich so gern ein für alle Mal fallen lassen. Mich hingegeben. Ich spüre den Schwung, den ich von dir geerbt habe. Was für ein Vermächtnis! Ein gewaltiges Vermächtnis. Nein, darauf möchte ich nicht verzichten. Das gebe ich nicht her! Weiße Gaze auf meinen Augen, Vater. Jetzt lachen wir beide. Ich weiß, dass du lachst. Ich liege auf dem Tisch bei der Kosmetikerin. Sie drückt Pickel aus, aber aus ihnen lässt sich nichts mehr herausdrücken. Wie trivial für ein Ende, wirst du sagen. Du wirst meinen Galgenhumor verstehen. Meinen schwarzen Humor. Ich weiß, er wird dir gefallen. Sie sagt, die Pickel seien unter der Haut, da sei kein Eiter drin, sie seien Folgen von Stress und im Grunde Schwellungen. *Leere Schwellungen.* Aber sie hätten mehrere Hebel. Mehrere Hebel? *Die Leere hat einen Hebel?* Und sie schmerzen, sie schmerzen so unerträglich. Sie drückt sie. Misshandelt sie. Unnötigerweise, denke ich. In ihnen ist nichts mehr. Alles ist bezahlt. Ich weine, weil es brennt, aber es schmerzt nicht mehr. Damit sie weggehen, sich beruhigen, sagt sie, damit die Haut wieder glatt wird, nicht mehr mit Puder bedeckt werden muss. Und dann schmiert sie mich mit Lavendel ein, legt eingeweichte Gaze in Kamille und bedeckt damit meine Augen. Weiße Gaze auf meinen Augen. Meine Hände auf einem weißen Laken. Ich komme mir vor wie eine Tote. Vielleicht ruhe ich. Vielleicht ruhe ich mich aus. Aber ich lebe. Ich lebe, Vater! Vater, vielleicht werde ich deine Erwartungen nie erfüllen. Vielleicht werde ich nie heiraten, werde die emanzipierte Erwachsene nur heucheln, die sich heimlich, *illegal*, Hochzeitskleiderkataloge ansieht. Aber vielleicht werde ich eines Tages trotzdem sagen können, dass ich mit mir selbst verheiratet bin. Ich werde *ja* zu mir sagen. Ich werde *ja* zur Welt sagen. Und vielleicht wird das das Größte sein, was ich erben kann. Vielleicht werde ich niemals Mutter deines Enkels, der deinen Nachnamen in die Zukunft tragen kann, obwohl ich dir vorgelogen habe, dass er kommt. *Warte noch ein wenig, er kommt schon. Aglaj Svit, er hat einen Namen, der Licht bedeutet. Und endlich wirst du mit jemandem auf der Parallelstraße der blühenden Magnolien spielen können. Du und dein Enkel, in der Straße deiner Kindheit. Und ich werde dir erlauben, ein guter Großvater zu sein, ein guter Vater, ein verlässlicher Vater, ein herzlicher Vater, ein liebender Vater.* Ich wollte deine Lebenszeit verlängern und log dich an, dass du ihn erleben wirst. Vater und weiße Gaze auf den Augen. Wie himmlische Scheuklappen. Die genug gesehen haben. Allem ist Genugtuung getan. Weiß. Weiß wie mein Kleid an deinem Grab. Kein Puder mehr, jetzt, da meine Haut genährt ist. Sie ist so glatt und geschmeidig. Geschmeidig wie Menstruationsblut. Fruchtbar wie das sonnenbeschienene Tal des Dankes.

Ich danke dir, Vater.

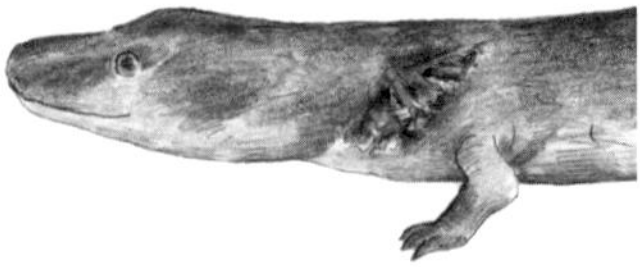

Maja Gal Štromar und ihr Literaturland Slowenien

Seit 1991 wird in Slowenien alljährlich am 21. Juni, zur Sommersonnwende, der Literaturpreis *Kresnik* für den besten slowenischen Roman verliehen. Diese Auszeichnung wird feierlich auf dem Rožnik, einem Hügel unweit von Ljubljana, überreicht, wo in einem Gasthaus der bedeutendste slowenische Schriftsteller und Dramatiker Ivan Cankar (1876–1918) seine letzten Lebensjahre verbracht hat. Der Preis ist nach einer der mächtigsten Göttergestalten der slawischen Mythologie benannt: Kresnik, Gott des Feuers, des Sommers, der Sonne, auch des Himmels. Die Zeremonie der Preisverleihung sieht daher vor, dass der oder die Preisträger:in das Sonnwendfeuer entzündet.

An dieser Stelle gebietet die Vorstellung des Literaturlands Slowenien einen weiteren Schritt zurück ins 19. Jahrhundert.

Spaziert man durch die Altstadt von Ljubljana, findet man sich irgendwann unweigerlich vor dem Tromostovje, den Dreibrücken wieder, erbaut von dem berühmten Architekten Jože Plečnik. Es ist das Denkmal des slowenischen Nationaldichters France Prešeren (1800–1849), des größten slowenischen Dichters des kleinen

Landes. Schon kurz nach seinem Tod, 1866, hieß es in einem Essay des Schriftstellers Josip Stritar: *Was den Engländern ihr Shakespeare, den Franzosen ihr Racine, den Italienern ihr Dante, den Deutschen ihr Goethe – das ist für die Slowenen ihr Prešeren*. In der Tat hatten die Slowenen mit Prešeren eine hochentwickelte, repräsentative europäische Dichtung, noch bevor sie ihre nationalen Institutionen, 1919 die Universität, 1938 die Akademie der Wissenschaften im Königreich Jugoslawien bekamen. Die Sprache, d e r Identitätsstifter.

Im Jahr 2020 nun und im Jahr davor wurden zwei Autorinnen mit diesem Preis ausgezeichnet, Veronika Simoniti (1976) und Bronja Žakelj (1969), was zunächst deswegen aufhorchen lässt, weil es bis dahin in der ganzen Geschichte des Preises nur zwei Preisträgerinnen gegeben hat – 1996 Berta Bojetu (1946–1997) und 2002 Katarina Marinčič (1968).

Maja Gal Štromar schaffte es mit ihrem Roman *Ženska drugje* (Die Frau anderswo) im Jahr 2017 auf die Longlist des Kresnik-Preises, war also unter den ersten zehn von insgesamt 174 Romanen, eine Zahl, die wiederum auf die große Literaturproduktion in Slowenien verweist. Das war rund sechs Jahre nach Erscheinen ihres poetisch-introspektiven Romans *Misli name, ko ti je lepo*, eben »Denk an mich, auch in guten Zeiten«, den wir uns auserkoren haben.

Die aktuelle Entscheidung der Kresnik-Preis-Jury lässt auch erkennen, dass sich in der zeitgenössischen slowenischen Literatur in den letzten Jahren, besser, im neuen Jahrhundert, eine ganze Reihe jüngerer Autorinnen etablieren konnte, wie etwa Mojca Kumerdej (1964), Suzana Tratnik (1963), Nataša Kramberger (1983) im Bereich der Prosa, Anja Golob (1976) in der Poesie, Simona Semenič (1975) in der Dramatik, Jana Bauer (1975) auf dem Gebiet der Jugendliteratur, um nur einige Namen zu nennen.

Maja Gal Štromar, geboren 1969 in der slowenischen Küstenstadt Koper nahe Triest, ist eine äußerst vielseitige Künstlerin, ein echter Renaissancemensch. Nach dem Studium der Romanistik an der Universität Ljubljana ging sie für drei Jahre an die Schauspielschule Jacques Lecoq nach Paris. 2000 trat sie die Rückkehr nach Slowenien an, wurde dort Ensemblemitglied im Theater in Celje. Das kosmopolitische Paris gegen eine slowenische Provinzstadt einzutauschen war nicht einfach, gleichwohl eine vernunftgetragene Entscheidung, zumal Slowenien noch kein EU-Mitglied war, die ihr letztlich – für uns Lesende ein Glück – als junger Schauspielerin in ihrer Heimat und in ihrer Muttersprache die Chance bot, zu tun, was sie als ihre Berufung verstand: *Sich mit dem Wort, der Sprache in all ihren Aggregatszuständen zu beschäftigen*. Zum ganz großen Spiel rüsten. Und das ist auch ihr Schreiben.

Gewiss, Maja Gal Štromar hat ihre Wurzeln im Theater, nach Celje kamen weitere Stationen – doch nicht nur als Schauspielerin, in über achtzig Rollen war sie zu sehen – sie schreibt auch für Theater und Rundfunk, ist Theaterpädagogin, Drehbuchautorin, Regisseurin zahlreicher Filme, Lehrerin für Rhetorik, Moderatorin und nicht zuletzt auch literarische Übersetzerin aus dem Italienischen und Französischen. Sie lebt und arbeitet in der slowenischen Hauptstadt, seit 2004 als freischaffende Künstlerin, doch gern geht sie auf Reisen, verlegt ihr Schaffen andernorts. Wie beispielsweise in die Pariser Schriftsteller-Residenz am Centre International des Récollets, wo im Sommer 2009 kurz nach dem Tod des Vaters »Denk an mich, auch in guten Zeiten« – sozusagen in einem Wurf, ohne zeitliche und innere Distanz entstanden ist. Von dieser Grunderschütterung in ihrem Leben zeugt das emotionale Gewebe des Textes, der einen Versuch darstellt, ihre Beziehung zum Vater zu verstehen. Die Erkrankung des Vaters und sein Tod bilden denn auch den äußeren Rahmen für ihre Assoziationen, Gedanken, Träume, Erinnerungen. Ja, das Erzählte lässt sich, muss aber nicht, wie eine psychologische Studie einer Vater-Tochter-Beziehung lesen. Als der Vater starb, war die Erzählerin vierzig Jahre alt, Zeit also, sich auf einer Reise ins eigene Innere zu orten. Der Text hat sich seine *Sonnenwucherungen*, seine Unebenheiten aus dem Entstehungsprozess bewahrt, die den Leser herausreißen aus jeglicher vertraut-bequemen Lesehaltung. Das macht seine Authentizität und damit seinen literarischen Wert aus.

Viel ist in der europäischen Literatur über die Komplexität und Tragik der Mutter-Sohn Beziehung zu lesen, wir nennen nur das Stichwort Sigmund Freud und der Ödipus-Komplex. Doch fernab von Mythologie und patriarchaler Religionen ist die Vater-Tochter-Beziehung im realen Leben von größter Bedeutung, und lange Zeit eine allgemein unterschätzte Thematik. Ist zwar die Mutter meist, im Idealfall, – heutzutage auch keine Selbstverständlichkeit mehr –, diejenige, die die Kinder auf das Leben vorbereitet, ihnen erste Begleiterin und Vertraute ist – so sind es doch die Väter, die die Töchter in der Positiv-, mehr noch in der Negativbindung, psychologisch gesprochen, in ihrer zukünftigen Rolle als Frau prägen. Der Vater ist, wenn er denn da ist, der erste Mann im Leben eines Mädchens, der Maßstab für das zukünftige Männerbild. Und so kommt es, dass Frauen nur allzu oft in ihrem Partner eine Vaterfigur suchen. War der Vater in der Kindheit entweder übermäßig oder überhaupt nicht präsent, kann ein Vaterkomplex entstehen. Denken wir an »Kafkas Brief an den Vater«. Oder an den Protagonisten des Romans »Rot« von Uwe Timm. All diese und viele andere Themenstränge drängen bei der Lektüre dieses Romans an die Oberfläche, der im Schaffen von Maja Gal Štromar nicht zuletzt deshalb eine ganz besondere Rolle spielt.

Nebst Gedankensprüngen, die einer ausgeklügelten Regie folgen, verführt uns die Erzählerin mit zahlreichen Wortspielen und Neologismen, ein Beispiel von vielen: *čebuliti,* aus dem die Übersetzerin sehr treffend »zwiebulieren« gemacht hat: das Freilegen des Sinns wird dem Schälen der Zwiebelhäute gleichgesetzt; das zeigt auch, welch große und großartige Herausforderung diese kreative Sprache für die Übersetzende ist. Hie und da werden Erzählrhythmus und Perspektive gewechselt, stellenweise bricht alles wie ein gewaltiger Strom über die Erzählerin und somit über den Leser herein, dann beruhigt sich der Erzählfluss wieder. Und in der Höhe – da balanciert die Autorin über dem Abgrund, wie sie es an einer Stelle beschreibt. Eine solche Szene schmückt den Umschlag der Originalausgabe, die im größten und renommiertesten Verlag Sloweniens *Mladinska knjiga* erschienen ist. Zu sehen ist ein Hochseil mit einem Fahrrad, ohne scharfe Konturen, wo genau das Seil befestigt ist, wird nicht deutlich ... Jedoch sind da auch zwei Stützräder, die ihren vollen Symbolgehalt entfalten, wenn es um die Kindheit und die Unterstützung geht, die sie sich von ihrem Vater wünscht und erhofft, der jedoch nie oder selten nur für sie da ist. Hat er die Familie vernachlässigt? Hier stellt die Erzählerin die Rolle des Vaters in Frage und kommt zu dem Schluss, dass sie alles andere als nur die Tochter ist. Sie versucht, kein Kind nur zu sein, sondern seine Schwester, Freundin, sogar Mutter ... »*Ich habe einen Vater gesucht, du wolltest ein Sohn sein. Was blieb mir anderes übrig, als deine Mutter zu sein.*«

Eindrucksvoll dank ihres metaphorischen Gehalts ist eine weitere Stelle: Sie, die auch im Roman Maja heißt, betrachtet zusammen mit dem Vater die Fresken in der Dreifaltigkeitskirche in Hrastovlje im slowenischen Istrien. Dort sind Menschen vom Kindesalter über die Jugend bis zur Erwachsenen- und Greisenzeit aus allen Gesellschaftsschichten zu sehen. Zwischen ihnen steht der Tod, dargestellt als menschliches Totengerippe. Gevatter Tod hält die Hand seines Hinter- und seines Vordermanns, und so marschieren sie vereint. *Nicht einmal ein Totenskelett bist du*, stellt die Erzählerin nach der Einäscherung fest. Später, als es um den Preis für die Urne geht und die Tochter die Zahl 509 hört, fällt ihr in einer verzweifelten Assoziation »505 mit dem Strich« wieder ein – die bekannte Lutschbonbonmarke, die sie in ihrer Kindheit so gern mochte.

Dann ist da noch die Farbe Violett. Die Farbe, die sie liebt, die sich ihr wiederholt im Traum zeigt. Und diese Träume, aufgeschrieben, nachgeschrieben, waren oft der Humus für Maja Gal Štromars literarische Werke und ihr weiteres Schaffen. Das Besondere an dieser Farbe? Sie hat sie schon im Jugendalter geliebt, es ist eine Farbe mit hoher Frequenz, eine Kombination aus Blau und Rot, die Erde und Himmel symbolisieren, auch die Farbe des Saturns.

Die eigenen Wurzeln zu erkunden, ist das Gebot jeglichen Schaffens – ohne Wurzeln gibt es keine Flügel. Aus diesem Grund ging Maja Gal Štromar nach Sa-

rajevo, wo 1945 ihr Großvater väterlicherseits ermordet wurde, höchstwahrscheinlich nachdem er gefoltert worden war. Seine Leiche wurde nie gefunden. Er war 1942 als Slowene aus Triest nach Sarajevo gekommen, hatte sich sofort in die Stadt verliebt und dort ein Haus gebaut. Er kämpfte im Untergrund – im Roman erwähnt die Autorin den Film »Walter verteidigt Sarajevo« aus dem Jahre 1972; dieser Partisanenfilm wurde inspiriert von der historischen Person Vladimir *Valter* Perić, dem Partisanen, Volkshelden und Freiheitskämpfer, der bei der Befreiung Sarajevos am 6. April 1945 im Kampf gegen die Deutschen starb. Sein Leben wurde zur Legende. Da Maja Gal Štromar von ihrem Großvater kaum etwas weiß, außer dass er Freiheitskämpfer war, füllt nun die historische Person *Walter* diese Lücke. Nach dem Krieg lebte die Familie in Slowenien. Dieser Teil der Familiengeschichte sollte vergessen, das Tuch des Schweigens über die Vergangenheit gebreitet werden, wie es in vielen Familien nach Kriegen praktiziert wird. Doch gewiss, die Autorin gab sich damit nicht zufrieden. Sie wollte zurück zu ihren Wurzeln finden.
Ihr Vater, geboren 1943, war also vaterlos aufgewachsen, und sie fragt sich: war das der Grund dafür, dass er selbst kein guter Vater war? Die Tochter versucht alles, um für den Vater Verständnis zu entwickeln, sein Bild hochzuhalten, auf Versöhnung aus: *Ich schaue mir ein Foto meines Großvaters an. Er steht unter einem blühen-*

den Kirschbaum und hält meinen Vater auf den Armen. Mein Vater, ein kleines weißes Bündel, kaum geboren. So erklärt es sich, dass mein Vater der Freundschaft mit den Großen, den Mächtigen, den Finsterlingen nicht widerstehen konnte.

Mit dem Tod des eigenen Vaters setzt sich auch einer der bedeutensten Romanciers der slowenischen Nachkriegsliteratur, Lojze Kovačič (1928–2004), geboren in Basel als Sohn eines slowenischen Auswanderers und einer Deutschen, auseinander. Vor dem Zweiten Weltkrieg wurde die Familie ausgewiesen und kam 1938 in das damalige Königreich Jugoslawien. Neben zahlreichen großen Werken verfasste er den Roman *Deček in smrt* (Der Junge und der Tod, 1968). Wiewohl die Werke von Lojze Kovačič und die unserer Autorin nur schwerlich miteinander zu vergleichen sind, befindet sich Maja Gal Štromar mit ihrer Vaterthematik in guter Gesellschaft und setzt diese Tradition auf eigene Weise eindrucksvoll fort.

Slavo Šerc, August 2020

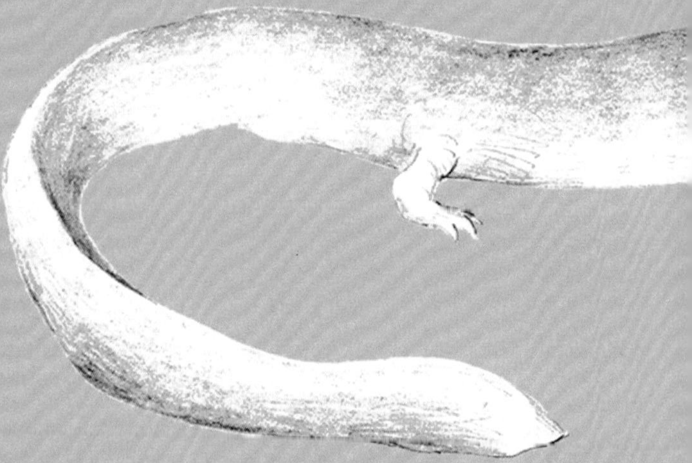